愛戀・生活・閱讀

林偉淑 主編／侯如綺、鄭柏彥 編撰

五南圖書出版公司 印行

文學經典：中國文學經典的現代詮釋・序

淡江大學大概是最早實施「大一國文」改革的學校了，早在民國八十二年推動核心課程時，就將「大一國文」拆成單學期三學分「中國語文能力表達」及一學年四學分的「文學與藝術欣賞」（2/2）兩門課。二十年來，核心課程歷經數次大幅改變，「中國語文能力表達」仍維持大班授課分組討論的模式，但「文學與藝術欣賞」的命運就迥然有別了。在通識委員會的主導下先是文學與藝術分了家，一學年的課縮減為一學期，課程易名為「中國文學及經典」，大別為「古典文學經典」及「現代文學經典」兩類；後來也不侷限於中國文學了，且由校必修課轉為院選修課，開課單位亦由中文系轉移到了外語學院，課程再度易名為「文典經典」！一〇四學年度通識制度又有大幅度變革，「文學經典」學門與「歷史與文化」學門、「哲學與宗教」學門、「藝術創作與欣賞」學門同列為四選二的人文領域，不再列為院選修。

課程隨著校通識課程的變革一路跌跌撞撞走來，這門課的教學目標與使命也早被遺忘，這或許也和一開始就沒有共用的教材有些關聯，任課教師各自為師，因此原本使命單純的文學賞析成了百家爭鳴，幾乎有幾班就有幾種課程。百家爭鳴當然也是開放自由的課程模式，只是在通識課程會議中經常成為委員批評檢討的對象，於是張雙英主任重新擬定教學宗旨，並在系院校各級會議中說服委員，提出了嶄新的課程宗旨：「本學門的課程宗旨在於賞析中外文學經典。文學經典所蘊涵人文美感聖賢智慧，足以提高學生的人文素養，豐富其人文藝術與生活美學的涵養，培養其文字美感和跨文化深度的國際觀。本學門的目標在於促進學生理性思維，培養心智能力，提昇心靈智能的全人教育。在課程設計上以『文學經典』的當代意義為主要考量，陶冶學生之文化涵養與人文情操，並藉助文學經典作品之賞析，一方面認識人類文化的歷史傳承，另一方面也掌握賢哲之生命智慧與創作心靈，而與現代社會之精神需求相呼應。」這就是目前「文學經典的現代詮釋」的由來。

課程重新定位後，在新編教材印行前，張雙英主任任內委請陳仕華老師暫編一本講義式的教材，由陳文華、顏崑陽、張雙英、許維萍、陳葆文五位老師精選《詩經》、杜詩、唐傳奇、東坡詞、明人小品、《聊齋誌異》及現代文學作品提供教師授課參考；殷善培主任接任後委請同時由林偉淑老師組織系上年輕一代教師，構思一本嶄新的教材。經過多次討論，決定推出單元主題式的選文，單元主題可以適時增減，選文也方便抽換，經過一年的反覆切磋，在這一版本中先推出了五個單元：

第一單元：親情與愛情文學（林偉淑老師）

第二單元：書寫女性與女性書寫（侯如綺老師）

第三單元：旅行文與飲食文學（鄭柏彥老師）

第四單元：社會關懷與個人出處（普義南老師）

第五單元：生命處境與存在哲思（林偉淑老師）

每一單元都有3-5篇選文，選文前的「單元導讀」說明選文精神，每篇選文都有「作者介紹」及「問題與思考」，每單元之後有「單元延伸閱讀」提供進階閱讀書目，「單元作業」提供思考與寫作練習題。

此次配合一〇四學年度通識新變革，林偉淑老師與撰寫團隊決定推出兩冊本，並延請李蕙如老師、羅雅純老師加入編寫。每冊各三單元：第一冊《愛戀．生活．閱讀》，由林偉淑老師、侯如綺老師、鄭柏彥老師共同編寫，每位老師負責一單元；第二冊《群己．生命．閱讀》，由普義南老師、李蕙如老師、林偉淑老師、羅雅純老師合作編寫。

這六位新生代的教師雖年輕，但教學經驗豐富，博士班階段輾轉各地兼課，六位老師合計前後任教過十餘所大學，對各校通識課程及學生需求有深切的認識；相信經由他們的眼光能貼近時代的脈動，當然，更感謝這門課的任課教師一起咀嚼經典，在課堂上為文學的「現代詮釋」做出最好的示範！

淡江大學中國文學系系主任　殷善培

中華民國一〇四年八月

目錄

單元三　飲食與旅行

單元一

親情與愛情文學

導讀

人生自是有情痴，不論親情或愛情，都是生命中最深沉、最動人的情感。所有熾熱的愛戀，男歡女愛，或者如璀燦的煙火，在那絕美的瞬間，繽紛炫目，徒留思念。或者如細水長流，涓漫迤邐成一生的纏綿，若此，愛情也能昇華成相互扶持的情愛。

在本單元中，我們可以看到漢府詩作裡的〈上邪〉，女子對於情愛的堅決。她的愛與日月共存，她用了大自然裡最永恆的事物來說明她堅貞的情感，她說，除非天崩地裂，海枯石爛，否則她的愛將與天地共長久，這是多麼波瀾壯闊的愛情宣言啊！

朵思在〈面對一屋子沉默的家具〉詩作中，描寫獨自面對愛情逝去的悲涼。在萬籟俱寂的午夜時分，只有「我」和一屋子「沉默的家具」。家具原本就不言不語，然而家具存在的空間卻記憶著往日的時光，今日的寂靜對比著過去曾有的歡樂。如今，只剩灰燼般滿室飛舞，鋪天蓋地而來的寂寞，陪伴著不成眠的自己。於是，看著一屋子沉默的家具，盡是孤寂。

侯吉諒〈鋼琴四手聯彈〉中，詩人以鋼琴的四手聯彈隱喻戀人的關係，當愛情來臨時是琴瑟和鳴的協奏曲。人們總渴望找到和自己有相同旋律的伴侶，彈奏出最動人的愛情樂章。詩中也暗示了靈肉合一的感官慾望，情愛慾望如同快版的樂音，慾愛翻騰。愛情的最初與最終，都是渴望靈魂的契合，一如翩翩飛舞的蝴蝶，和諧而美好，此時，人世間的紛擾退去，沒有煩憂。然而，愛情總是來來去去，一旦愛情終了，琴音不再，往往只剩滄桑寂寥。

西西的〈像我這樣的一個女子〉，文中不斷囈語著：「像我這樣的一個女子是不適合談戀愛的」，這是因為人們對於死亡的恐懼，同時也演繹了世間男女的情感變化——人們對於愛情，總是無能為力；對命運無力反擊；對死亡茫昧未知。大體化妝師意味著與死亡親近。即使愛情的本質不變，人們無法面對的是內在的恐懼。

世間男女的情感，在愛情來臨時，熱切激昂，直教人生死相許。緣起情滅後，最是教人難以承受，這就是愛情。千古以來愛情的悲歡離合不斷地上演，也許無法祈求每一段情感都能天長地久，但可以好好珍惜同行的這一段路；如果有一天，千里已成陌路，該要好好地說再見，感謝曾經的美好，原諒所有的遺憾。因為生命必需不斷往前走，不斷地成長，惟有愛和寬恕才能使生命無憾，也惟有學會放手，才能繼續前進。

父母對子女的愛總是不求回報、無怨無悔地付出，這樣的愛是與生俱來的。總有一天父母會老去，子女們可能得為了自己的未來奔向他方，子欲養而親不待的悲傷，總在來不及時才能明白，然而那已是永遠的遺憾了。

〈杜子春〉中，我們看到杜子春對於喜怒哀懼惡慾六情皆可忘，所有戀戀情愛皆可拋，惟有對子女的愛永不放棄。在這世間，父母難捨子女，願用一切換取子女的平安幸福。父母的愛猶如一炬之火，燃燒了自己，給予子女溫暖和希望。〈杜子春〉一文內容豐富，亦談論了有關於財富名利以及關於道教求仙的思惟。然而，我們還可以再多思考一些關於杜子春和他的妻子這一個部分，當杜子春不動不語求仙時，面對虛妄中的妻子被鞭捶流血，或被砍被磨成粉，或煮或燒，苦不可忍時，面對妻子的淒厲哭號，杜子春仍能不動如山，那麼我們不禁要問，夫妻之間的情愛究竟是什麼？

〈孔雀東南飛〉讓我們讀到了，即使穿越千年時空，婚姻裡的婆媳問題依舊存在。女性似乎在自己主體意識與家庭付出中，永遠必需權衡如何安置自我。我們也看到千年前的劉蘭芝，即使在失婚時仍嚴嚴整整妝飾自己，才從容下堂離去，以保留僅存的尊嚴。婚姻裡有許多莫可奈何的抉擇，離開或留下，愛或不愛。然而，劉蘭芝與焦仲卿選擇以死亡來面對挫折，往往令活著的家人悲慟心碎。

書寫故鄉金門相當出色的吳鈞堯，寫起親子情感更是深刻動人。在上一個世紀，有一九二五年朱自清寫的〈背影〉，朱自清透過父親的背影——在車站送別兒子時，為兒子買橘子，辛苦爬上爬下，展現上一代父母含蓄內斂的愛。吳鈞堯的〈子執之手〉，則是代表新世代父母澎湃深刻，對於子女毫不掩飾的情感。吳鈞堯以我—兒子，爺爺—我，父親—我，父親—孫子，展現了不同世代對於親子情感的不同表現。同時他將詩經「執子之手，與之偕老」，有關男女之間彼此相守一生的情愛，翻轉成父母子女的深深眷戀與永恆的親情。

另外，關於情感、關於愛，有著截然不同面貌的〈樹猶如此〉，書寫白先勇和他相識、相知、相惜、相互扶持三十八年的知己王國祥，他們在高中時期已成莫逆。在人生的道路上，他們相伴同行，面對人生的風雨，一起努力實踐理想，他們的情感早已昇華，一如異姓手足的親情。當王國祥第二度面對重病時，白先勇說：「當時如果有人告訴我喜馬拉雅山頂上有神醫，我也會攀爬上去乞求仙丹的。在那時，搶救王國祥的生命，對於我重於一切。」他們全力以赴，一起抵抗死神病魔。全文不曾言愛，卻已展現了人間至情，令人動容。因此，即使王國祥病逝多年後，白先勇撰文紀念：「我執著國祥的手，送他走完人生最後一程。霎時間，天人兩分，死生契闊，在人間，我向王國祥告了永別。」是的，在人間必需告別，天上人間，也許未來仍有相會的一日。然而此時，心中的傷痛是女媧煉石補天也無法彌補的遺憾了。

在我們閱讀美麗動人的愛情故事，當我們和戀人談一場轟轟烈烈的愛情時，也許，我們也該思考如何面對繁花盛開後的隕落，我們該如何面對繁華過後的憂傷？生離死別，我們該如何給自己繼續前行的力量？我們該如何更加體貼我們的親人，珍惜我們的摯愛，讓愛成為我們一生最美麗的依靠。

〈上邪〉

佚名

作者

本文選自《樂府詩集》，宋・郭茂倩編撰，共一百卷，輯錄先秦歌謠及漢、魏至唐、五代樂府歌辭。全書共分十二類，〈上邪〉為鼓吹曲辭，為〈鐃歌十八曲〉之一。「樂府」為漢代採集民間歌謠，審音度曲的官署名稱，將採集的民間歌謠整理修飾，配樂歌唱。到了魏晉六朝，將這些合樂的詩歌稱為「樂府」或「樂府詩」。

課文

上邪！我欲與君相知，長命無絕衰。
山無陵，江水爲竭，冬雷震震，夏雨雪，天地合，乃敢與君絕。

問題與思考

1. 請找出古典文學作品中，表達情深意濃，感人肺腑之作。
2. 愛情是古今中外永遠傳誦不絕的主題，你認為面對愛情的聚散離合應以何種態度去面對，方能使生命更圓滿？如何面對不得不然的「分手」這件事呢？

〈孔雀東南飛〉

佚名

作者

〈孔雀東南飛〉最早見於梁・徐陵的《玉台新詠》，題為〈古詩為焦仲卿妻作〉，詩前錄有小序。宋・郭茂倩《樂府詩集》收入「雜曲歌辭」，題為「焦仲卿妻」，無作者姓氏，今人取其首句，名為〈孔雀東南飛〉。全詩長三百五十三句，一千七百六十五字。是中國古典詩中罕見且成就高的長篇敘事詩。《玉台新詠》為漢魏至南朝梁代的詩歌總集，南朝梁・徐陵編，共十卷。

課文

漢末建安中，廬江府小吏焦仲卿妻劉氏，為仲卿母所遣，自誓不嫁。其家逼之，乃投水而死。仲卿聞之，亦自縊於庭樹。時人傷之，為詩云爾。❶

孔雀東南飛，五里一徘徊。十三能織素，十四學裁衣。十五彈箜篌❷，十六誦詩書，十七爲君婦，心中常苦悲。君既爲府吏，守節情不移。賤妾留空房，相見常日稀。雞鳴入機織，夜夜不得息。三日斷五匹，大人❸故嫌遲。非爲織作遲，君家婦難爲。妾不堪驅使，徒留無所施。便可白公姥，及時相遣歸。

府吏得聞之，堂上啓阿母：兒已薄祿相，幸復得此婦。結髮同枕席，黃泉共爲友。共事二三年，始爾未爲久。女行無偏斜，何意致不厚？阿母謂府吏：何乃太區區❹。此婦無禮節，舉動自專由❺。吾意久懷忿，汝豈得自由！東家有賢女，自名秦羅敷。可憐❻體無比，阿母爲汝求。便可速遣之，遣之慎莫留。

府吏長跪告：伏惟啓阿母。今若遣此婦，終老不復娶。阿母得聞之，搥床便大怒：小子無所畏，何敢助婦語。吾已失恩義，會不相從許！

府吏默無聲，再拜還入戶。舉言謂新婦，哽咽不能語：我自不驅卿，逼迫有阿母。卿但暫還家，吾今且報府。不久當歸還，還必相迎取。以此下心意，慎勿

❶此段為正文前的小序。
❷箜篌：古代一種撥弦樂器。
❸大人：指公婆。
❹區區：少，微不足道。此指在意。
❺自專由：專斷任性。
❻可憐：值得憐愛。

違吾語。新婦謂府吏：勿復重紛紜。❼往昔初陽歲，謝家來貴門。❽奉事循公姥，進止敢自專？晝夜勤作息，伶俜❾縈苦辛。謂言無罪過，供養卒大恩。仍更被驅遣，何言復來還？妾有繡腰襦❿，葳蕤⓫自生光。紅羅複斗帳，四角垂香囊。箱奩⓬六七十，綠碧青絲繩。物物各自異，種種在其中。人賤物亦鄙，不足迎後人。留待作遺施，於今無會因。時時爲安慰，久久莫相忘。

雞鳴外欲曙，新婦起嚴妝。著我繡夾裙，事事四五通。足下躡絲履，頭上玳瑁光。腰若流紈素，耳著明月璫。指如削蔥根，口如含朱丹。纖纖作細步，精妙世無雙。上堂謝阿母，母聽怒不止。昔作女兒時，生小出野里。本自無教訓，兼愧貴家子。受母錢帛多，不堪母驅使。今日還家去，念母勞家裡。

卻與小姑別，淚落連珠子：新婦初來時，小姑始扶床。今日被驅遣，小姑如我長。勤心養公姥，好自相扶將。初七及下九⓭，嬉戲莫相忘。出門登車去，涕

❼紛紜：紛紛擾擾。
❽謝家來貴門：辭別了娘家，來到婆家。
❾伶俜：孤單貌。
❿繡腰襦：刺繡精美的腰間飾品。
⓫葳蕤：華美豔麗貌。
⓬箱奩：嫁妝。奩，音同憐。
⓭初七及下九：初七：指農曆七月初七，傳說為牽牛織女聚會之夜，民間有七夕乞巧的風俗。下九：農歷每月十九日，是婦女歡聚的日子。

落百餘行。

府吏馬在前，新婦車在後。隱隱何甸甸[14]，俱會大道口。下馬入車中，低頭共耳語：誓不相隔卿，且暫還家去，吾今且赴府。不久當還歸，誓天不相負。新婦謂府吏：感君區區懷。君既若見錄，不久望君來。君當作磐石，妾當作蒲葦。蒲葦紉如絲，磐石無轉移。我有親父兄，性行暴如雷。恐不任我意，逆以煎我懷。舉手長勞勞[15]，二情同依依。

入門上家堂，進退無顏儀。阿母大拊掌：不圖子自歸！十三教汝織，十四能裁衣。十五彈箜篌，十六知禮儀。十七遣汝嫁，謂言無誓違。汝今何罪過，不迎而自歸？蘭芝慚阿母：兒實無罪過。阿母大悲摧。

還家十餘日，縣令遣媒來。云有第三郎，窈窕世無雙。年始十八九，便言多令才。阿母謂阿女：汝可去應之。阿女含淚答：蘭芝初還時，府吏見叮嚀，結誓不別離。今日違情義，恐此事非奇。自可斷來信，徐徐更謂之。阿母白媒人：貧賤有此女，始適還家門。不堪吏人婦，豈合令郎君？幸可廣問訊，不得便相

[14] 甸甸：車馬聲。

[15] 勞勞：悵然若失的樣子。

許。

媒人去數日，尋遣丞請還。說有蘭家女，承籍有宦官⑯。云有第五郎，嬌逸未有婚。遣丞爲媒人，主簿通語言。直說太守家，有此令郎君。既欲結大義，故遣來貴門。

阿母謝媒人：女子先有誓，老姥豈敢言。阿兄得聞之，悵然心中煩。舉言謂阿妹：作計何不量？先嫁得府吏，後嫁得郎君。否泰如天地，足以榮汝身。不嫁義郎體，其往欲何云？蘭芝仰頭答：理實如兄言。謝家事夫婿，中道還兄門，處分適兄意，那得自任專，雖與府吏要，渠會永無緣。登即相許和，便可作婚姻。

媒人下床去，諾諾復爾爾。還部白府君：下官奉使命，言談大有緣。府君得聞之，心中大歡喜。視曆復開書：便利此月內，六合正相應。良吉三十日，今已二十七，卿可去成婚。

交語速裝束，絡繹如浮雲。青雀白鵠舫，四角龍子幡，婀娜隨風轉。金車玉

⑯承籍有宦官：為官宦的大戶人家。

作輪，躑躅青驄馬，流蘇金縷鞍。齎錢三百萬，皆用青絲穿。雜綵三百疋，交廣
市鮭珍。從人四五百，鬱鬱登郡門。

阿母謂阿女：適得府君書，明日來迎汝。何不作衣裳，莫令事不舉。阿女默
無聲，手巾掩口啼，淚落便如瀉。移我琉璃榻，出置前窗下。左手持刀尺，右手
執綾羅。朝成繡夾裙，晚成單羅衫。晻晻⑰日欲暝，愁思出門啼。

府吏聞此變，因求假暫歸。未至二三里，摧藏馬悲哀。新婦識馬聲，躡履相
逢迎。悵然遙相望，知是故人來。舉手拍馬鞍，嗟嘆使心傷。自君別我後，人事
不可量。果不如先願，又非君所詳。我有親父母，逼迫兼弟兄。以我應他人，君
還何所望？

府吏謂新婦：賀君得高遷。磐石方且厚，可以卒千年。蒲葦一時紉，便作旦
夕間。卿當日勝貴，吾獨向黃泉。新婦謂府吏：何意出此言？同是被逼迫，君爾
妾並然。黃泉下相見，勿違今日言。

執手分道去，各各還家門。生人作死別，恨恨那可論！念與世間辭，千萬不

⑰晻晻：昏暗不明。

復全。府吏還家去，上堂拜阿母：今日大風寒，寒風摧樹木，嚴霜結庭蘭。兒今日冥冥，令母在後單。故作不良計，勿復怨鬼神。命如南山石，四體康且直。

阿母得聞之，零淚應聲落。汝是大家子，仕宦於台閣。慎勿為婦死，貴賤情何薄？東家有賢女，窈窕豔城郭。阿母為汝求，便復在旦夕。府吏再拜還，長歎空房中，作計乃爾立。轉頭向戶裡，漸見愁煎迫。

其日牛馬嘶，新婦入青廬。奄奄[18]黃昏後，寂寂人定初。我命絕今日，魂去尸長留。攬裙脫絲履，舉身赴清池。府吏聞此事，心知長別離。徘徊庭樹下，自掛東南枝。

兩家求合葬，合葬華山傍。東西植松柏，左右種梧桐。枝枝相覆蓋，葉葉相交通。中有雙飛鳥，自名為鴛鴦。仰頭相向鳴，夜夜達五更。行人駐足聽，寡婦起徬徨。多謝後世人，戒之慎勿忘。

⑱奄奄：陰沉沉，氣息微弱貌。

問題與思考

1. 你認為在這個悲劇故事中，誰應該為此悲劇負責？時間來到當代，在文中所提到的問題，今日已然不存在了嗎？試說明之，並提出你的看法。
2. 本文涉及的議題極廣且多面，可看到婚姻制度、婆媳關係、夫妻關係、親屬稱謂、婦女服飾、風俗器物，試就此說明。

〈杜子春〉

唐・李復言

作者

出自唐・李復言所作《續玄怪錄》，又名《續幽怪錄》，原書已佚，今輯於《太平廣記》卷十六，神仙類。《太平廣記》為宋太宗時，李昉奉敕編纂，全書共五百卷，收集宋以前之野史傳記、軼聞瑣事之作。李復言，生平不詳，唐文宗開成五年（八四〇年）曾應進士舉，但因所作傳奇「事非經濟，動涉虛妄」，而被禮部罷黜。李復言的〈杜子春〉故事原型出於《大唐西域記》卷七〈烈士池〉的故事，〈烈士池〉全文不滿七百字，為佛教寓言故事，在李復言改寫成約一千八百字的道教故事後，不論布局遺辭、寫人敘事都極為深刻。

課文

杜子春者，蓋周隋間人。少落拓，不事家產，然以心氣閒曠，縱酒閒遊。資產蕩盡，投於親故，皆以不事事之故見棄。方冬，衣破腹空，徒行長安中，日晚未食，彷徨不知所往。於東市西門，飢寒之色可掬，仰天長吁。

有一老人策杖於前，問曰：「君子何歎？」春言其心，且憤其親戚之疏薄也，感激之氣，發於顏色。老人曰：「幾緡❶則豐用？」子春曰：「三五萬則可以活矣。」老人曰：「未也。」更言之：「十萬。」曰：「未也。」乃言「百萬」。亦曰：「未也。」曰：「三百萬。」乃曰：「可矣。」於是袖出一緡曰：「給子今夕❷，明日午時，候子於西市波斯邸，愼無後期。」

及時，子春往，老人果與錢三百萬，不告姓名而去。子春既富，蕩心復熾，自以爲終身不復羈旅也。乘肥衣輕，會酒徒，徵絲管，歌舞於倡樓，不復以治生爲意。一二年間，稍稍而盡，衣服車馬，易貴從賤，去馬而驢，去驢而徒，倏忽如初。既而復無計，自歎於市門。發聲而老人到，握其手曰：「君復如此，奇哉。吾將復濟子。幾緡方可？」子春慚不應。老人因逼之，子春愧謝而

❶緡：音同民。古代穿銅錢用的繩子。一緡穿一千文錢。

❷給子今夕：給你今晚所需花費的金錢。

已。老人曰：「明日午時，來前期處。」子春忍愧而往，得錢一千萬。未受之初，憤發，以爲從此謀身治生，石季倫❸、猗頓❹小豎耳。錢既入手，心又翻然，縱適之情，又卻如故。不一二年間，貧過舊日。

復遇老人於故處，子春不勝其愧，掩面而走。老人牽裾止之，又曰：「嗟乎拙謀也。」因與三千萬，曰：「此而不痊，則子貧在膏肓矣。」子春曰：「吾落拓邪遊，生涯罄盡，親戚豪族，無相顧者，獨此叟三給我，我何以當之？」因謂老人曰：「吾得此，人間之事可以立，孤孀可以衣食，於名教復圓矣。感叟深惠，立事之後，唯叟所使。」老人曰：「吾心也！子治生畢，來歲中元，見我於老君雙檜下。」

子春以孤孀多寓淮南，遂轉資揚州，買良田百頃，郭中起甲第❺，要路置邸百餘間，悉召孤孀，分居第中。婚嫁甥侄，遷祔❻族親，恩者煦之，讎者復之。既畢事，及期而往。老人者方嘯於二檜之陰。遂與登華山雲台峰。入四十里

❸石季倫：石崇，字季倫，西晉人。與王侯貴戚王愷爭豪鬥富。

❹猗頓：戰國時富商，經營河東鹽池致富，又曾經營珠寶，以其能辨識寶玉著稱。

❺甲第：大宅院。

❻祔：合葬。

餘，見一處，室屋嚴潔，非常人居。彩雲遙覆，鸞鶴飛翔。其上有正堂，中有藥爐，高九尺餘，紫焰光發，灼煥窗戶。玉女數人，環爐而立；青龍白虎，分據前後。其時日將暮，老人者，不復俗衣，乃黃冠縫帔士也。持白石三丸，酒一卮，遺子春，令速食之訖。取一虎皮鋪於內，西壁東向而坐，戒曰：「愼勿語。雖尊神惡鬼夜叉，猛獸地獄，及君之親屬，爲所困縛，萬苦皆非眞實。但當不動不語，宜安心莫懼，終無所苦。當一心念吾所言。」言訖而去。

子春視庭，唯一巨甕，滿中貯水而已。道士適去，旌旗戈甲，千乘萬騎，遍滿崖谷，呵叱之聲，震動天地。有一人稱大將軍，身長丈餘，人馬皆著金甲，光芒射人。親衛數百人，皆拔劍張弓，直入堂前，喝曰：「汝是何人？敢不避大將軍。」左右竦劍❼而前，逼問姓名，又問作何物，皆不對。問者大怒，摧斬爭射之聲如雷，竟不應。將軍者極怒而去。俄而猛虎毒龍，狻猊❽獅子，蝮蠍萬計，哮吼拏攫❾而爭前欲搏噬，或跳過其上，子春神色不動。有頃而散。

既而大雨滂澍，雷電晦暝，火輪走其左右，電光掣其前後，目不得開。須

❼竦劍：舉著寶劍。
❽狻猊：傳說中食虎的猛獸。
❾拏攫：爭奪。

臾，庭際水深丈餘，流電吼雷，勢若山川開破，不可制止。瞬息之間，波及座下，子春端坐不顧，未頃而散。將軍者復來，引牛頭獄卒，奇貌鬼神，將大鑊⑩湯而置子春前，長槍刀叉，四面周匝，傳命曰：「肯言姓名即放，不肯言，即當心叉取置之鑊中。」又不應。因執其妻來，拽於階下，指曰：「言姓名免之。」又不應。及鞭捶流血，或射或斫⑪，或煮或燒，苦不可忍。其妻號哭曰：「誠爲陋拙，有辱君子，然幸得執巾櫛⑫，奉事十餘年矣。今爲尊鬼所執，不勝其苦！不敢望君匍匐拜乞，但得公一言，即全性命矣。人誰無情，君乃忍惜一言？」雨淚庭中，且咒且罵，子春終不顧。將軍且曰：「吾不能毒汝妻耶！」令取銼碓⑬，從腳寸寸銼之。妻叫哭愈急，竟不顧之。

將軍曰：「此賊妖術已成，不可使久在世間。」敕左右斬之。斬訖，魂魄被領見閻羅王。曰：「此乃雲台峰妖民乎？捉付獄中。」於是鎔銅鐵杖⑭、碓擣

⑩鑊：古代無足的鼎。
⑪斫：砍。
⑫執巾櫛：喻婦女事奉丈夫。古代「執巾櫛」作為妻子的謙稱。
⑬碓：舂米的設備，此指將人舂搗成粉。
⑭鎔銅鐵杖：炮烙刑。將銅柱鐵杖燒紅，把人綁在鐵杖銅柱上燒烙。

磓[15]磨、火坑鑊湯、刀山劍樹之苦，無不備嘗。然心念道士之言，亦似可忍，竟不呻吟。獄卒告受罪畢。王曰：「此人陰賊，不合得作男，宜令作女人。」配生宋州單父縣丞王勤家。生而多病，針灸藥醫，略無停日。亦嘗墜火墮床，痛苦不濟，終不失聲。俄而長大，容色絕代，而口無聲，其家目爲啞女。親戚狎者，侮之萬端，終不能對。同鄉有進士盧圭者，聞其容而慕之，因媒氏求焉。其家以啞辭之。盧曰：「苟爲妻而賢，何用言矣？亦足以戒長舌之婦。」乃許之。盧生備六禮[16]，親迎爲妻。數年，恩情甚篤，生一男，僅二歲，聰慧無敵。盧抱兒與之言，不應；多方引之，終無辭。盧大怒曰：「昔賈大夫之妻鄙其夫，才不笑，然觀其射雉，尚釋其憾。今吾陋不及賈，而文藝不徒射雉也，而竟不言！大丈夫爲妻所鄙，安用其子。」乃持兩足，以頭撲於石上，應手而碎，血濺數步。子春愛生於心，忽忘其約，不覺失聲：「噫……」噫聲未息，身坐故處，道士者亦在其前。初五更矣，見其紫焰穿屋上，大火起四合，屋室俱焚。

[15] 磓：用磨子碾壓。

[16] 六禮：古代婚姻的六個程序：納采、問名、納吉、納徵、請期、親迎。

道士歎曰：「錯大誤余乃如是。」因提其髮，投水甕中，未頃火熄。道士前曰：「吾子之心，喜怒哀懼惡慾皆忘矣，所未臻者愛而已。向使子無噫聲，吾之藥成，子亦上仙矣。嗟乎，仙才之難得也！吾藥可重煉，而子之身猶為世界所容矣，勉之哉。」遙指路使歸。子春強登基觀焉，其爐已壞，中有鐵柱，大如臂，長數尺，道士脫衣，以刀子削之。子春既歸，愧其忘誓，復自效以謝其過。行至雲台峰，絕無人跡，歎恨而歸。

問題與思考

1. 你認為杜子春求仙道失敗——「喜、怒、哀、懼、惡、慾」都忘掉了，只有「愛」的心還留存——提供了讀者何種想像或思考？你如何看待故事裡的各種情感關係？
2. 請就文本分析杜子春的個性及處世態度。

〈面對一屋子沉默的家具〉

朵思

作者

朵思，一九三九年八月生，本名周翠卿，臺灣嘉義人，筆名韻茹、周炎錚。朵思的詩作意象豐富。一九五三年十六歲於《公論報》發表第一篇小說〈路燈〉，一九五五年發表第一篇詩作於《野風》，一九六三年出版第一本詩集《側影》，曾獲《中華日報》徵文小說獎。作品有：《窗的感覺》、《心痕索驥》、《飛翔咖啡屋》、《從池塘出發》、《曦日》、《側影》、《驚悟》、《一盤暮色》，散文集《斜月遲遲》，短篇小說集《紫紗巾和花》，長篇小說《不是荒徑》。朵思詩作善於運用意象，詩作中大量鋪陳聽覺意象及探索自我的內在。

課文

我和一屋子沉默的家具
耽在屋裡
彼此廝守著
彼此熟悉的氣味
夜睡去
我起床
在充塞無聊的家具隔開如兩岸垂柳的空間
走來走去
我彎身
拾起一小撮寂寞
寂寞便互撞推擠如鼓動彈珠如水如你
起落的腳步
灰燼般一握便碎的寂寞
如何撿得完？

問題與思考

1. 愛情總有分分合合，當自己或朋友的愛情離開時，我們該如何幫助自己或朋友，面對失落、寂寞和無助的心？有沒有什麼好方法，請分享。

2. 請發揮想像力，將這首詩想像並擴寫成一個故事。請為它加上人物、時間、地點、事件。可以是愛情故事裡的一個片段，例如摹寫失意的女子／男子在深夜裡的喃喃自語，在喃喃自語中敘述了故事梗概，或者是一篇日記……

〈鋼琴四手聯彈〉

侯吉諒

作者

侯吉諒，臺灣嘉義人，民國四十七年四月二十五日生，曾任創世紀詩刊主編，聯合報副刊編輯。曾獲第五、十四、十五屆時報文學獎新詩獎，第五屆時報文學獎現代詩優等獎。他的文學創作以詩及散文為主，文字精緻凝練。除了文學創作外，他擅長書法、篆刻以及水墨繪畫。著有詩集：《城市心情》、《星戰紀念》、《難免寂寞》、《城市心情——侯吉諒詩選》、《詩生活》、《如畫》。散文則有：《江湖滿地》、《在城市中耕讀》、《海拔以上的情感》、《回家的路》、《不是蓋的》等作品。

課文

所有的樂器都是身體

像世間的男男女女
都在各自的旋律中前進
不斷尋找對位與共鳴，而又不斷
在眾聲喧譁中，分分與合合
而我們彈琴的手是彼此的樂器
時時互相交纏，以靈魂契合的方式
穿越彼此的身體，進入
最溫暖內在的角落
在快板的樂句中不斷翻騰
急切前進，以歡愉的姿勢
兩隻蝴蝶般在春天飛舞追逐
太陽初現的耀眼光芒與騷動
宇宙創生的大霹靂
穩穩的向上帝的位置靠近
且等待最後

夢一般的飛翔
眞空中的漂浮，且沉思
休止符般絕對安靜的意義
然而我們是彼此的樂器
因分開而樂章中斷
而寂寞致死

問題與思考

1. 此詩作中有許多隱喻及意象的呈現，請分組討論並加以說明。
2. 請回想你的閱讀經驗中，有那些事物作為情感表達的意象極為精采？（例如：張愛玲以「金鎖」的意象說明女性被禁錮的情感，在梁祝中則有化作彩蝶比翼雙飛的戀人魂魄。）

〈樹猶如此〉❶

白先勇

作者

白先勇，一九三七年生於廣西桂林，為北伐抗戰名將白崇禧之子。一九四四年逃難至重慶。後曾移居南京、上海、漢口、廣州。一九四九年遷居香港，一九五二年來臺灣。一九五八年發表第一篇小說《金大奶奶》。就讀臺大外系二年級時，與同學合辦了《現代文學》雜誌，一九六三年赴美至愛荷華大學寫作班研究並創作，後任教於加州大學聖芭芭拉分校東亞語言文化系，教授中國語言文學。一九九七年，加州大學聖芭芭拉分校圖書館成立「白先勇資料特藏室」，收錄一生作品的各國譯本、相關資料與手稿。著有短篇小說集《寂寞的十七歲》、《臺

❶樹猶如此：樹猶如此一詞，令人聯想到《世說新語》裡的「木猶如此，人可以堪。」《世說新語．言語第二》云：「桓公北征，經金城，見前為瑯琊時種柳，皆已十圍，慨然曰：木猶如此，人何以堪！攀枝執條，泫然流淚。」

北人》，長篇小說《孽子》，散文集有《驀然回首》、《樹猶如此》、《第六根手指》、《父親與民國：白崇禧將軍身影集上、下》。白先勇的作品中融合西洋現代文學的寫作技巧，及中國傳統文學的表現方式，描寫新舊交替時代人物的故事和生活，充滿歷史興衰及人世滄桑感。

課文

我家後院西隅近籬笆處曾經種有一排三株義大利柏樹。這種義大利柏樹（Italian Cypress）原本生長於南歐地中海畔，與其他松柏皆不相類。樹的主幹筆直上伸，標高至六、七十呎，但橫枝並不恣意擴張，兩人合抱，便把樹身圈住了。於是擎天一柱，平地拔起，碧森森像座碑塔，孤峭屹立，甚有氣勢。南加州濱海一帶的氣候，溫和似地中海，這類義大利柏樹，隨處可見。有的人家，深宅大院，柏樹密植成行，遠遠望去，一片蒼鬱，如同一堵高聳雲天的牆垣。

我是一九七三年春遷入「隱谷」這棟住宅來的。這個地區叫「隱谷」（Hidden Valley），因爲三面環山，林木幽深，地形又相當隱蔽，雖然位於市區，因爲有山丘屏障，不易發覺。當初我按報上地址尋找這棟房子，彎彎曲曲，迷了幾次路才發現，原來山坡後面，別有洞天，谷中隱隱約約，竟是一片住家。那日黃昏驅車沿著山坡駛進「隱谷」，迎面青山綠樹，只覺得是個清幽所在，萬沒料到，谷中一住迄今，長達二十餘年。

巴薩隆那道（Barcelona Drive）九百四十號在斜坡中段，是一幢很普通的平房。人跟住屋也得講緣分，這棟房子，我第一眼便看中了，主要是爲著屋前屋後的幾棵大樹。屋前一棵寶塔松，龐然矗立，頗有年分，屋後一對中國楡，搖曳生姿，有點垂柳的風味，兩側的灌木叢又將鄰舍完全隔離，整座房屋都有樹蔭庇護，我喜歡這種隱遮在樹叢中的房屋，而且價錢剛剛合適，當天便放下了訂洋。

房子本身保養得還不錯，不需修補。問題出在園子裡的花草。屋主偏愛常春藤，前後院種滿了這種藤葛，四處竄爬。常春藤的生命力強驚人，要拔掉煞費工夫，還有雛菊、罌粟、木槿都不是我喜愛的花木，全部根除，工程浩大，絕非我一人所能勝任。幸虧那年暑假，我中學時代的摯友王國祥從東岸到聖芭芭拉來幫我，兩人合力把我「隱谷」這座家園，重新改造遍植我屬意的花樹，才奠下日後園子發展的基礎。

王國祥那時正在賓州州立大學做博士後研究，只有一個半月的假期，我們卻足足做了三十天的園藝工作。每天早晨九時開工，一直到傍晚五、六點鐘才鳴金收兵。披荊斬棘，去蕪存菁，清除了幾卡車的廢枝雜草，終於把花園理出一個輪廓來。我與國祥都是生手，不慣耕勞，一天下來，腰痠背痛。幸虧聖芭芭拉夏天涼爽，在和風煦日下，胼手胝足，實在算不上辛苦。

聖芭芭拉附近產酒，有一家酒廠釀製一種杏子酒（APrivert），清香甘洌，是果子酒中的極品，冰凍後特別爽口。鄰舍有李樹一株，枝椏一半伸到我的園中，這棵李樹眞是異種，是牛血李，肉紅汁多，味甜如蜜，而且果實特大。那年七月，一樹纍纍，掛滿了小紅球，委實誘人。開始我與國祥還有點顧忌，到底是人家的果樹，光天化日之下，採摘鄰居的果子，不免心虛。後來發覺原來加州法律規定，長過了界的樹木，便算是這一邊的產物。有了法律根據，我們便架上長梯，國祥爬上樹去，我在下面接應，一下工夫，我們便採滿了一桶殷紅光鮮的果實。收工後，夕陽西下，清風徐來，坐在園中草坪上，啜杏子酒，啖牛血李，一日的疲勞，很快也就恢復了。

聖芭芭拉（Santa Barbara）有「太平洋的天堂」之稱，這個城的山光水色的確有令人流連低徊之處，但是我覺得這個小城的一個好處是海產豐富：石頭蟹、硬背蝦、海膽、鮑魚，都屬本地特產，尤其是石頭蟹，殼堅、肉質細嫩鮮甜，而且還有一雙巨螯，眞是聖芭芭拉的美味。那個時候美國人還不很懂得吃帶殼螃蟹，碼頭上的魚市場，生猛螃蟹，團臍一元一隻，尖臍一隻不過一元。王國祥是浙江人，生平就好這一樣東西，我們每次到碼頭魚市，總要攜回四、五隻巨蟹，蒸著吃。蒸蟹第一講究是火候，過半分便老了，少半分又不熟。王國祥蒸螃蟹全憑直覺，他注視著蟹殼漸漸轉紅叫一聲「好！」將螃蟹從鍋中一把提起，十拿九穩，正好蒸熟。然後佐以薑絲米醋，再燙一壺紹興酒，那便是我們的晚餐。那個暑假，我和王國祥起碼饕掉數打石頭蟹。那年我剛拿到終身教職，《臺北人》出版沒有多久。國祥自加大柏克萊畢業後，到賓州州大去做博士後研究是他第一份工作，那時他對理論物理還充滿了信心熱忱，我們憧憬，人生前景是金色的，未來命運的凶險，我們當時渾然未覺。

園子整頓停當，選擇花木卻頗費思量。百花中我獨鍾茶花。茶花高貴，白茶雅潔，紅茶穠麗，粉茶花俏生生、嬌滴滴，自是惹人憐惜，即使不開花，一樹碧亭亭，也是好看。茶花起源於中國，盛產雲貴高原，後經歐洲才傳到美國來。茶花性喜溫濕，宜酸性土，聖芭芭拉恰好屬於美國的茶花帶，因有海霧調節，這裡的茶花長得分外豐蔚。我們遂決定，園中草木以茶花爲主調，於是遍搜城中苗圃，最後才選中了三十多株各色品種的幼木。美國茶花的命名有時也頗具匠心：白茶叫「天鵝湖」，粉茶花叫「嬌嬌女」，有一種紅茶名爲「艾森豪威爾將軍」這是十足的美國茶，我後院栽有一棵，後來果然長得偉岸嶔奇，巍巍然有大將之風。

花種好了，最後的問題只剩下後院西隅的一塊空地，屋主原來在此搭了一架秋千，架子撤走後便留空白一角。因爲地區不大，不能容納體積太廣的樹木，王國祥建議：「這裡還是種Italian Cypress吧。」這倒是好主意，義大利柏樹占地不多，往空中發展，前途無量。我們買了三株幼苗，沿著籬笆種了一排。剛種下去，才三、四呎高，國祥預測：「這三棵柏樹長大，一定會超過你園中其他的樹！」果眞，三棵義大利柏樹日後抽發得傲視群倫，成爲我花園中的地標。

十年樹木，我園中的花木欣欣向榮，逐漸成形。那期間，王國祥已數度轉換工作，他去過加拿大，又轉德州。他的博士後研究並不順遂，理論物理是門高深學問，出路狹窄，美國學生視爲畏途，念的人少，教職也相對有限。那幾年美國大學預算緊縮，一職難求，只有幾家名校的物理系才有理論物理的職位，很難擠進去，亞利桑拿州立大學曾經有意聘請王國祥，但他卻拒絕了。當年國祥在臺大選擇理論物理，多少也是受到李政道、楊振寧獲得諾貝爾獎的鼓勵。後來他進柏克萊，曾跟隨名師，當時柏克萊物理系竟有六位諾貝爾獎得主的教授。名校名師，王國祥對自己的研究當然也就期許甚高。當他發覺他在理論物理方面的研究無法達成重大突破，不可能做一個頂尖的物理學家，他就斷然放棄物理，轉行到高科技去了。當然，他一生最高的理想未能實現，這一直是他的一個隱痛。後來他在洛杉磯休斯（Hughes）公司找到一份安定工作，研究人造衛星。波斯灣戰爭，美國軍隊用的人造衛星就是休斯製造的。

那幾年王國祥有假期常常來聖芭芭拉小住，他一到我家，頭一件事便要到園中去察看我們當年種植的那些花木。他隔一陣子來，看到後院那三株義大利柏樹，就不禁驚嘆：「哇，又長高了好多！」柏樹每年升高十幾呎，幾年間，便標到了頂，成爲六、七十呎的巍峨大樹。三棵中又以中間那棵最爲茁壯，要高出兩側一大截，成了一個山字形。山谷中，濕度高，柏樹出落得蒼翠欲滴，夕照的霞光映在上面，金碧輝煌，很是醒目。三四月間，園中的茶花全部綻放，樹上綴滿了白天鵝，粉茶花更是嬌豔光鮮，我的花園終於春意盎然起來。

一九八九，歲屬馬年，那是個凶年，那年夏天，中國大陸發生了天安門「六四」事件，成千上百的年輕生命瞬息消滅。那一陣子天天看電視，全神貫注事件的發展，很少到園中走動。有一天，我突然發覺後院三棵義大利柏樹中間那一株，葉尖露出點點焦黃來。起先我以爲暑天乾熱，植物不耐旱，沒料到才是幾天工夫，一棵六、七十呎的大樹，如遭天火雷殛，驟然間通體枯焦而亡。那些針葉，一觸便紛紛斷落，如此孤標傲世風華正茂的常青樹，數日之間竟至完全壞死。奇怪的是，兩側的柏樹卻好端端的依舊青蒼無恙，只是中間赫然豎起槁木一柱，實在令人觸目驚心，我只好教人來把枯樹砍掉拖走，從此，我後院的兩側便出現了一道缺口。柏樹無故枯亡，使我鬱鬱不樂了好些時日，心中總感到不祥，似乎有什麼奇禍即將降臨一般。沒有多久，王國祥便生病了。

那年夏天，國祥一直咳嗽不止，他到美國二十多年，身體一向健康，連傷風感冒也屬罕有。他去看醫生檢查，驗血出來，發覺他的血紅素竟比常人少了一半，一公升只有六克多。接著醫生替他抽骨髓化驗，結果出來後，國祥打電話給我：「我的舊病又復發了，醫生說，是『再生不良性貧血』。」國祥說話的時候，聲音還很鎮定，他一向臨危不亂，有科學家的理性與冷靜。可是我聽到那個長長的奇怪病名，就不由得心中一寒，一連串可怕的記憶，又湧了回來。

許多年前，一九六〇的夏天，一個清晨，我獨自趕到臺北中心診所的血液科去等候化驗結果，血液科主任黃天賜大夫出來告訴我：「你的朋友王國祥患了『再生不良性貧血』。」那是我第一次聽到這個陌生的病名。黃大夫大概看見我滿面茫然，接著對我詳細解說了番「再生不良性貧血」的病理病因。這是一種罕有的貧血症，骨髓造血機能失調，無法製造足夠的血細胞，所以紅血球、血小板、紅血素等統統偏低。這種血液病的起因也很複雜，物理、化學、病毒各種因素皆有可能。最後黃大夫十分嚴肅的告訴我：「這是一種很嚴重的貧血症。」的確，這棘手的血液病，迄至今日，醫學突飛猛進，仍舊沒有發明可以根除的特效藥，一般治療只能用激素刺激骨髓造血的機能。另外一種治療法便是骨髓移植，但是臺灣那個年代，還沒有聽說過這種事情。那天我走出中心診所，心情當然異常沉重，但當時年輕無知，對這種症病的嚴重性並不眞正了解，以爲只要不是絕症，總還有希望治癒。事實上，「再生不良性貧血」患者的治癒率，是極低極低的，大概只有百分之五的人，會莫名其妙自己復原。

王國祥第一次患「再生不良性貧血」時在臺大物理系正要上三年級，這樣一來只好休學，而這一休便是兩年。國祥的病勢開始相當險惡，每個月都需到醫院去輸血，每次起碼五百c.c.。由於血小板過低，凝血能力不佳，經常牙齦出血，甚至眼球也充血，視線受到障礙。王國祥的個性中，最突出的便是他爭強好勝，永遠不肯服輸的戇直脾氣，是他倔強的意志力，幫他暫時抵擋住排山倒海而來的病災。那時我只能在一旁替他加油打氣，給他精神支持。他的家已遷往臺中，他一個人寄居在臺北親戚家養病，因爲看醫生方便。常常下課後，我便從臺大騎了腳踏車去潮州街探望他，那時我剛與班上同學創辦了《現代文學》❷，正處在士氣高昂的奮亢狀態，我跟國祥談論的，當然也就是我辦雜誌的點點滴滴。國祥看見我興致勃勃，他也是高興的，病中還替《現代文學》拉了兩個訂户，而且也成爲這本雜誌的忠實讀者。事實上王國祥對《現代文學》的貢獻不小，這本賠錢雜誌時常有經濟危機，我初到加州大學當講師那幾年，因爲薪

❷現代文學雜誌：白先勇就讀臺大外文系時與王文興、李歐梵、歐陽子、葉維廉、陳若曦、劉紹銘等人創辦《現代文學》的文學雜誌，一九六〇年三月創刊，一九七三年九月停刊，一九七七年復刊，至一九八四年停刊，前後長達二十年。《現代文學》內容包含詩、散文、小說的創作以及評論，同時也譯介了西方的文藝思潮及文學理論，特別是譯介的現代主義文學，對臺灣文壇影響極深。

水有限，爲籌雜誌的印刷費，經常捉襟見肘。國祥在柏克萊念博士拿的是全額獎學金，一個月有四百多塊生活費。他知道我的困境後，每月都會省下一兩百塊美金寄給我接濟《現文》，而且持續了很長一段時間。他的家境不算富裕，在當時，那是很不小的一筆數目。如果沒有他長期的「經援」，《現代文學》恐怕早已停刊。

我與王國祥十七歲結識，那時我們都在建國中學念高二，一開始，我們之間便有一種異姓手足禍福同當的默契。高中畢業，本來我有保送臺大的機會，因爲要念水利，夢想日後到長江三峽去築水壩，而且又等不及要離開家，追尋自由，於是便申請保送臺南成功大學，那時只有成大才有水利系。王國祥也有這個念頭，他是他們班上的高材生，考臺大應該不成問題，他跟我商量好便也投考成大電機系。我們在學校附近一個軍眷村裡租房子住，過了一年自由自在的大學生活。後來因爲興趣不合，我重考臺大外文系，回到臺北。國祥在成大多念了一年，也耐不住了，他發覺他眞正的志向是研究理論科學，工程並非所好，於是他便報考臺大的轉學試，轉物理系。當年轉學、轉系又轉院，難如登天，尤其是臺大，王國祥居然考上了，而且只錄取了他一名。我們正在慶幸，兩人懵懵懂懂，一番折騰，幸好最後都考上與自己興趣相符的校系。可是這時王國祥卻偏偏遭罹不幸，患了這種極爲罕有的血液病。

西醫治療一年多，王國祥的病情並無起色，而治療費用的昂貴已使得他的家庭日漸陷入困境，正當他的親人感到束手無策的時刻，國祥卻遇到了救星。他的親戚打聽到江南名醫奚復一大夫醫治好一位韓國僑生，同樣也患了「再生不良性貧血」，病況還要嚴重，西醫已放棄了，卻被奚大夫治癒。我從小看西醫，對中醫不免偏見。奚大夫開給國祥的藥方裡，許多味草藥中，竟有一劑犀牛角，當時我不懂得犀牛角是中藥的涼血要素，不禁嘖嘖稱奇，而且小小一包犀牛角粉，價值不菲。但國祥服用奚大夫的藥後，竟然一天天好轉，半年後已不需輸血。很多年後，我跟王國祥在美國，有一次到加州聖地牙哥世界聞名的動物園去觀覽百獸，園中有一群犀牛族，大大小小七隻，那是我第一次眞正看到這種神奇的野獸，我沒想到近距離觀看，犀牛的體積如此龐大，而且皮之堅厚，似同披甲帶鎧，鼻端一角聳然，如利斧朝天，神態很是威武。大概因爲犀牛角曾治療過國祥的病，我對那一群看來凶猛異常的野獸，竟有一份說不出的好感，在欄前盤桓良久才離去。

我跟王國祥都太過樂觀了，以爲「再生不良性貧血」早已成爲過去的夢魘，國祥是屬於那百分之五的幸運少數。萬沒料到，這種頑強的疾病竟會潛伏二十多年，如同酣睡已久的妖魔，突然甦醒，張牙舞爪反撲過來。而國祥畢竟已年過五十，身體抵抗力比起少年時，自然相差許多，舊病復發，這次形勢更加險峻。自此，我與王國祥便展開了長達三年，共同抵禦病魔的艱辛日子，那是一場生與死的搏鬥。

鑑於第一次王國祥的病是中西醫合治醫好的，這一次我們當然也就依照舊法。國祥把二十多年前奚復一大夫的那張藥方找了出來，並託臺北親友拿去給奚大夫鑑定，奚大夫更動了幾樣藥，並加重分量：黃芪、生熟地、黨參、當歸、首烏等都是一些補血調氣的草藥，方子中也保留了犀牛角。幸虧洛杉磯的蒙特利公園市的中藥行這些藥都買得到。有一家叫「德成行」的老字號，是香港人開的，貨色齊全，價錢公道。那幾年，我替國祥去檢藥，進進出出，「德成行」的老闆夥計也都熟了。因爲犀牛屬於受保護的稀有動物，在美國犀牛角是禁賣的。開始「德成行」的夥計還不肯拿出來，我們懇求了半天，才從一隻上鎖的小鐵匣中取出一塊犀牛角，用來磨些粉賣給我們。但經過二十多年，國祥的病況已大不同，而且人又不在臺灣，沒能讓大夫把脈，藥方的改動自然無從掌握，這一次，服中藥並無速效。但三年中，國祥並未停用過草藥，因爲西醫也並沒有特效治療方法，還是跟從前一樣，使用各種激素。我們跟醫生曾討論過骨髓移植的可能，但醫生認爲，五十歲以上的病人，骨髓移植風險太大，而且尋找血型完全相符的骨髓贈者，難如海底撈針。

那三年，王國祥全靠輸血維持生命，有時一個月得輸兩次。我們的心情也就跟著他血紅素的數字上下而陰晴不定。如果他的血紅素維持在九以上，我們就稍寬心，但是一旦降到六，就得準備那個週末，又要進醫院去輸血了。國祥的保險屬於凱撒公司（Kaiser Permanente），是美國最大的醫療系統之一。凱撒在洛杉磯城中心的總部是一連串延綿數條街的龐然大物，那間醫院如同一座迷宮，進去後，轉幾個彎，就不知身在何方了。我進出那間醫院不下四、五十次，但常常闖進完全陌生地帶，跑到放射科、耳鼻喉科去。因爲醫院每棟建築的外表都一模一樣，一整排的玻璃門窗反映著冷冷的青光。那是一座卡夫卡式超現代建築物，進到裡面，好像誤入外星。

因爲輸血可能有反應，所以大多數時間王國祥去醫院，都是由我開車接送。幸好每次輸血時間定在週末星期六，我可以在星期五課後開車下洛杉磯國祥住處，第二天清晨送他去。輸血早上八點鐘開始，五百c.c.輸完要到下午四、五點鐘了，因此早上六點多就要離開家。洛杉磯大得可怕，隨便到哪裡，高速公路上開一個鐘頭車是很平常的事，尤其在早上上班時間，十號公路塞車是有名的。住在洛杉磯的人，生命大部分都耗在那八爪魚似的公路網上。由於早起，我陪著王國祥輸血時，耐不住要打個盹，但無論睡去多久，一張開眼，看見的總是架子上懸掛著的那一袋血漿，殷紅的液體，一滴一滴，順著塑膠管往下流，注入國祥臂彎的靜脈裡去。那點點血漿，像時間漏斗的水滴，無窮無盡，永遠滴不完似的。但是王國祥躺在床上卻能安安靜靜的接受那八個小時生命漿液的挹注。他兩隻手臂彎上的靜脈都因針頭插入過分頻繁而經常瘀青紅腫，但他從來也沒有過半句怨言。王國祥承受痛苦的耐力驚人，當他喊痛的時候，那必然是痛苦已經不是一般人所能負荷的了。我很少看到像王國祥那般能隱忍的病人，他這種斯多葛（Stoic）式的精神是由於他超強的自尊心，不願別人看到他病中的狼狽。而且他跟我都了解到這是一場艱鉅無比的奮鬥，需要我們兩個人所有的信心、理性，以及意志力來支撐。我們絕對不能向病魔示弱，露出膽怯，我們在一起的時候，似乎一直在互相告誡：要挺住，鬆懈不得。

事實上，只要王國祥的身體狀況許可，我們也盡量設法苦中作樂，每次國祥輸完血後，精神體力馬上便恢復了許多，臉上又浮現了紅光，雖然明知這只是人爲的暫時安康，我們也要趁這一刻享受一下正常生活。開車回家經過蒙特利公園時我們便會到平日喜愛的飯館去大吃一餐，大概在醫院裡磨了一天，要補償起來，胃口特別好。我們常去「北海漁邨」，因爲這家廣東館港味十足，一道「避風塘炒蟹」非常道地。吃了飯便去租錄影帶回去看，我一生中從來沒看過那麼多中港臺的「連續劇」，幾十集的《紅樓夢》、《滿清十三皇朝》、《嚴鳳英》，隨著那些東扯西拉的故事，一個晚上很容易打發過去。當然，王國祥也很關心世界大勢，那一陣子，東歐共產國家以及「蘇維埃社會主義聯邦共和國」土崩瓦解，我們天天看電視，看到德國人爬到東柏林牆上喝香檳慶祝，王國祥跟我都拍手喝起采來，那一刻，「再生不良性貧血」，眞的給忘得精光。

王國祥直到八八年才在艾爾蒙特（El Monte）買了一幢小樓房，屋後有一片小小的院子，搬進去不到一年，花園還來不及打點好，他就生病了。生病前，他在超市找到一對醬色皮蛋缸，上面有薑黃色二龍搶珠的浮雕，這對大皮蛋缸十分古拙有趣，國祥買回來，用電鑽鑽了洞，準備作花缸用。有一個星期天，他的精神特別好，我便開車載了他去花圃看花。我們發覺原來加州也有桂花，登時如獲至寶，買了兩棵回去移植到那對皮蛋缸中。從此，那兩棵桂花便成了國祥病中的良伴，一直到他病重時，也沒有忘記常到後院去澆花。

王國祥重病在身，在我面前雖然他不肯露聲色，他獨處時內心的沉重與懼恐，我深能體會，因為當我一個人靜下來時，我自己的心情便開始下沉了。我曾私下探問過他的主治醫生，醫生告訴我，國祥所患的「再生不良性貧血」，經過二十多年，雖然一度緩解，已經達到末期。他用「End Stage」這個聽來十分刺耳的字眼，他沒有再說下去，我不想聽也不願意他再往下說。然而一個令人不寒而慄的問題卻像潮水般經常在我腦海裡翻來滾去：這次王國祥的病，萬一恢復不了，怎麼辦？事實上國祥的病情常有險狀，以至於一夕數驚。有一晚，我從洛杉磯友人處赴宴回來，竟發覺國祥臥在沙發上已是半昏迷狀態，我趕緊送他上醫院，那晚我在高速公路上起碼開到每小時八十英里以上，我開車的技術並不高明，不辨方向，但人能急中生智，平常四十多分鐘的路程，一半時間便趕到了。醫生測量出來，國祥的血糖高到八百mg/dl，大概再晚一刻，他的腦細胞便要受損了。原來他長期服用激素，引發血糖升高，醫院的急診室本來就是一個生死場，凱撒的急診室比普通醫院要大幾倍，裡面的生死掙扎當然就更加劇烈，只看到醫生護士忙成一團，而病人圍困在那一間間用白幌圈成的小隔間裡，卻好像完全被遺忘掉了似的，好不容易盼到醫生來診視，可是探一下頭，人又不見了。我陪著王國祥進出那間急診室多次，每次一等就等到天亮才有正式病房。

自從王國祥生病後，我便開始到處打聽有關「再生不良性貧血」治療的訊息。我在臺灣看病的醫生是長庚醫學院的吳德朗院長，吳院長介紹我認識長庚醫院血液科的主治醫生施麗雲女士。我跟施醫生通信討教並把王國祥的病歷寄給她，與她約好，我去臺灣時，登門造訪。同時我又遍查中國大陸中醫治療這種病症的書籍雜誌。我在一本醫療雜誌上看到上海曙光中醫院血液科主任吳正翔大夫治療過這種病，大陸上稱爲「再生障礙性貧血」，簡稱「再障」。同時我又在大陸報上讀到河北省石家莊有一位中醫師治療「再障」有特效方法，並且開了一家專門醫治「再障」的診所。我發覺原來大陸上這種病例並不罕見，大陸中西醫結合治療行之有年，有的病療效還很好。於是我便決定親自往大陸走一趟，也許能夠尋訪到能夠醫治國祥的醫生及藥方。我把想法告訴國祥聽，他說道：「那只好辛苦你了。」王國祥不善言辭，但他講話全部發自內心。他一生最怕麻煩別人，生病求人，實在萬不得已。

一九九〇年九月，去大陸之前，我先到臺灣，去林口長庚醫院拜訪了施麗雲醫師。施醫生告訴我她也正在治療幾個患「再生不良性貧血」的病人，治療方法與美國醫生大同小異。施醫生看了王國祥的病歷沒有多說什麼，我想她那時可能不忍告訴我，國祥的病，恐難治癒。

我攜帶了一大盒重重一疊王國祥的病歷飛往上海，由我在上海的朋友復旦大學陸士清教授陪同，到曙光醫院找到吳正翔大夫。曙光是上海最有名的中醫院，規模相當大。吳大夫不厭其詳以中醫觀點向我解說了「再障」的種種病因及治療方法。曙光醫院治療「再障」也是中西合診，一面輸血，一面服用中藥，長期調養，主要還是補血調氣。吳大夫與我討論了幾次王國祥的病況，最後開給我一個處方，要我與他經常保持電話聯絡。我聽聞浙江中醫院也有名醫，於是又去了一趟杭州，去拜訪一位輩分甚高的老中醫，老醫生的理論更玄了，藥方也比較偏。有親友生重病，才能體會得到「病急亂投醫」這句話的眞諦。當時如果有人告訴我喜馬拉雅山頂上有神醫，我也會攀爬上去乞求仙丹的。在那時，搶救王國祥的生命，對於我重於一切。

我飛到北京後的第二天，便由社科院袁良駿教授陪同，坐火車往石家莊去，當晚住歇在河北省政協招待所。那晚在招待所遇見了一位從美國去的工程師，原本也是臺灣留美學生，而且是成大畢業。他知道我爲了朋友到大陸訪醫特來看我。我正納悶，這樣偏遠地區怎會有美國來客，工程師一見面便告訴了我他的故事：原來他太太年前車禍受傷，一直昏迷不醒，變成了植物人。工程師四處求醫罔效，後來打聽到石家莊有位極負盛名的氣功師，開診所用氣功治療病人。他於是辭去了高薪職位，變賣房財，將太太運到石家莊接受氣功治療。他告訴我每天有四、五位氣功師輪流替他太太灌氣，他講到他太太的手指已經能動，有了知覺，他臉上充滿希望。我深爲他感動，是多大的愛心與信念，使他破釜沉舟，千里迢迢把太太護運到偏僻的中國北方去就醫。這些年來我早已把工程師的名字給忘了，但我卻常常記起他及他的太太，不知她最後恢復知覺沒有。幾年後我自己經歷了中國氣功的神奇，讓氣功師治療好暈眩症，而且變成了氣功的忠實信徒。當初工程師一番好意，告訴我氣功治病的奧妙，我確曾動過心，想讓王國祥到大陸接受氣功治療。但國祥經常需要輸血，而且又容易感染疾病，實在不宜長途旅行。但這件事我始終耿耿於懷，如果當初國祥嘗試氣功，不知有沒有復原的可能。

次晨，我去參觀那家專門治療「再障」的診所，會見了主治大夫。其實那是一間極其簡陋的小醫院，有十幾個住院病人，看樣子都病得不輕。大夫很年輕，講話頗自信，臨走時，我向他買了兩大袋草藥，爲了便於攜帶，都磨成細粉。我提著兩大袋辛辣嗆鼻的藥粉，回轉北京。那已是九月下旬，天氣剛入秋，是北京氣候最佳時節。那是我頭一次到北京，自不免到故宮、明陵去走走，但因心情不對，毫無遊興。我的旅館就在王府井附近，離天安門不遠。晚上，我信步走到天安門廣場去看看，那片全世界最大的廣場，竟然一片空曠，除了守衛的解放軍，行人寥寥無幾。相較於一年前「六四」時期，人山人海，民情沸騰的景象，天安門廣場有一種劫後的荒涼與肅殺。那天晚上，我的心境就像北京涼風習習的秋夜一般蕭瑟。在大陸四處求醫下來，我的結論是，中國也沒有醫治「再生不良性貧血」的特效藥。王國祥對我這次大陸之行，當然也一定抱有許多期望，我怕又會令他失望了。

回到美國後，我與王國祥商量，最後還是決定服用曙光醫院吳正翔大夫開的那張藥方，因爲藥性比較平和。石家莊醫生的兩大袋藥粉我也扛了回來，但沒有敢用。而國祥的病，卻是一天比一天沉重了。頭一年，他還支撐著去上班，但每天來回需開兩小時車程，終於體力不支而把休斯的工作停掉。幸虧他買了殘障保險，沒有因病傾家蕩產。第二年，由於服用太多激素，觸發了糖尿病，又因長期缺血，影響到心臟，發生心律不整，逐漸行動也困難起來。

一九九二年一月，王國祥五十五歲生日，我看他那天精神還不錯，便提議到「北海漁村」去替他慶生。我們一路上還商談著要點些什麼菜，談到吃我們的興致又來了。「北海漁村」的停車場上到飯館有一道二十多級的石階，國祥扶著欄杆爬上去，爬到一半，便喘息起來，大概心臟負荷不了，很難受的樣子，我趕忙過去扶著他，要他坐在石階上休息一會兒，他歇了口氣，站起來還想勉強往上爬，我知道，他不願掃興，我勸阻道：「我們不要在這裡吃飯了，回家去做壽麵吃。」我沒有料到王國祥的病體已經虛弱到舉步維艱了。回到家中，我們煮了兩碗陽春麵，度過王國祥最後的一個生日。星期天傍晚，我要回返聖芭芭拉，國祥送我到門口上車，我在車中反光鏡裡，瞥見他孤立在大門前的身影，他的頭髮本來就有少年白，兩年多來，百病相纏，竟變得滿頭蕭蕭，在暮色中，分外怵目。開上高速公路後，突然一陣無法抵擋的傷痛，襲擊過來，我將車子拉到公路一旁，伏在方向盤上，不禁失聲大慟。我哀痛王國祥如此勇敢堅忍，如此努力抵抗病魔咄咄相逼，最後仍然被折磨得形銷骨立。而我自己亦盡了所有的力量，去迴護他的病體，卻眼看著他的生命一點一滴耗盡，終至一籌莫展。我一向相信人定勝天，常常逆數而行，然而人力畢竟不敵天命，人生大限，無人能破。

夏天暑假，我搬到艾爾蒙特王國祥家去住，因為隨時會發生危險。八月十三日黃昏，我從超市買東西回來，發覺國祥呼吸困難，我趕忙打九一一叫了救護車來，用氧氣筒急救，隨即將他扛上救護車揚長鳴笛往醫院駛去，在醫院住了兩天，星期五，國祥的精神似乎又好轉了。他進出醫院多次，這種情況已習以為常，我以為大概第二天，他就可以出院了。我在醫院裡陪了他一個下午，聊了些閒話，晚上八點鐘，他對我說道：「你先回去吃飯吧。」我把一份《世界日報》留給他看，說道：「明天早上我來接你。」那是我們最後一次交談。星期六一早，醫院打電話來通知，王國祥昏迷不醒，送進了加護病房。我趕到醫院，看見國祥身上已插滿了管子。他的主治醫生告訴我，不打算用電擊刺激國祥的心臟了，我點頭同意，使用電擊，病人太受罪。國祥昏迷了兩天，八月十七星期一，我有預感恐怕他熬不過那一天。中午我到醫院餐廳匆匆用了便餐，趕緊回到加護病房守著。顯示器上，國祥的心臟越跳越弱，五點鐘，值班醫生進來準備，我一直看著顯示器上國祥心臟的波動，五點二十分，他的心臟終於停止。我執著國祥的手，送他走完人生最後一程。霎時間，天人兩分，死生契闊，在人間，我向王國祥告了永別。

一九五四年，四十四年前的一個夏天，我與王國祥同時匆匆趕到建中去上暑假補習班，預備考大學。我們同級不同班，互相並不認識，那天恰巧兩人都遲到，一同搶著上樓梯，跌跌撞撞，碰在一起，就那樣，我們開始結識，來往相交三十八年。王國祥天性善良，待人厚道，孝順父母，忠於朋友。他完全不懂虛僞，直言直語，我曾笑他說謊話舌頭也會打結。但他講究學問卻據理力爭，有時不免得罪人，事業上受到阻礙。王國祥有科學天才，物理方面應該有所成就，可惜他大二生過那場大病，腦力受了影響。他在休斯研究人造衛星很有心得，本來可以更上一層樓，可是天不假年，五十五歲，走得太早。我與王國祥相知數十載，彼此守望相助，患難與共，人生道上的風風雨雨，由於兩人同心協力，總能抵禦過去，可是最後與病魔死神一搏，我們全力以赴，卻一敗塗地。

我替王國祥料理完後事回轉聖芭芭拉，夏天已過。那年聖芭芭拉大旱，市府限制用水，不准澆灑花草。幾個月沒有回家，屋前草坪早已枯死，一片焦黃。由於經常跑洛杉磯，園中缺乏照料，全體花木黯然失色，一棵棵茶花病懨懨，只剩得奄奄一息，我的家，成了廢園一座。我把國祥的骨灰護送返臺，安置在善導寺後，回到美國便著手重建家園。草木跟人一樣，受了傷需得長期調養。我花了一兩年工夫，費盡心血，才把那些茶花一一救活。退休後時間多了，我又開始到處收集名茶，越種越多，而今園中，茶花成林。我把王國祥家那兩缸桂花也搬了回來，因爲長大成形，皮蛋缸已不堪負荷，我便把那兩株桂花移到園中一角，讓它們入土爲安。冬去春來，我園中六、七十棵茶花競相開發，嬌紅嫩白，熱鬧非凡。我與王國祥從前種的那些老茶，二十多年後，已經高攀屋簷，每株盛開起來，都有上百朵。春日負暄，我坐在園中靠椅上，品茗閱報，有百花相伴，暫且貪享人間瞬息繁華。美中不足的是，抬望眼，總看見園中西隅，剩下的那兩棵義大利柏樹中間，露出一塊楞楞的空白來，缺口當中，映著湛湛青空，悠悠白雲，那是一道女媧煉石也無法彌補的天裂。

（原載於一九九九年一月二十四—二十六日《聯合報》，收錄於《樹猶如此》，二〇〇二年《聯合文學》。）

問題與思考

1. 白先勇在文中以何種關係說明他和王國祥的情誼？你如何看待同性之間（同志）的情感？
2. 在文末，作者所言「那是一道女媧煉石也無法彌補的天裂」指的是什麼？又何以題名為「樹猶如此」？

〈像我這樣的一個女子〉

西西

作者

西西，原名張彥，廣東中山人，一九三八年生於上海，一九五〇年定居香港，香港葛量洪學院畢業。著有短篇小說集：《春望》、《像我這樣的一個女子》、《鬍子有臉》，長篇小說《我城》和《哨鹿》，以及散文集《交河》、詩集《石磬》等。〈像我這樣的一個女子〉是以意識流的形式，敘述一位大體化妝師「我」對於愛情、存在、命運的恐懼與矛盾，小說從開始到結束，都是「我」在咖啡館裡等待「夏」前來時的喃喃自語，在喃喃自語的內心獨白中，我們看到姑母、父母、兄弟，以及「我」的愛情與生命的際遇。這是一個開放式結局的作品，可讓讀者有更多的想像與詮釋空間。

課文

像我這樣的一個女子，其實是不適宜和任何人戀愛的。但我和夏之間的感情發展到今日這樣的地步，使我自己也感到吃驚。我想，我所以能陷入目前的不可自拔的處境，完全是由於命運對我作了殘酷的擺布，對於命運，我是沒有辦法反擊的。

聽人家說，當你眞的喜歡一個人，只要靜靜地坐在一個角落，看看他即使是非常隨意的一個微笑，你也會忽然地感到魂飛魄散。對於夏，我的感覺正是這樣。所以，當夏問我「妳喜歡我嗎」的時候．我就毫無保留地表達了我的感情。我是一個不懂得保護自己的人，我的舉止和言語都會使我永遠成爲別人的笑柄。和夏一起坐在咖啡室裡的時候，我看來是那麼地快樂，但我的心中充滿隱憂，我其實是極度地不快樂的，因爲我已經預知命運會把我帶到什麼地方，而那完全是由於我的過錯。

一開始的時候。我就不應該答應和夏一起到遠方去探望一位久別的同學，而後來，我又沒有拒絕和他一起經常看電影。對於這些事情，後悔已經太遲了，而事實上，後悔或者不後悔，分別也變得不太重要。此刻我坐在咖啡室的一角等夏，我答應了帶他到我工作的地方去參觀。而一切又將在那個時刻結束。當我和夏認識的那個時候，我已經從學校裡出來很久了，所以當夏問我是在做事了嗎？我就說我已經出外工作許多年了。

那麼，妳的工作是什麼呢。他問。替人化妝。我說。

啊！是化妝。他說。但妳的臉卻是那麼樸素。他說。他說他是一個不喜歡女子化妝的人，他喜歡樸素的臉容。他所以注意到我的臉上沒有任何的化妝，我想，並不是由於我對他的詢問提出了答案而引起了聯想，而是由於我的臉比一般的人都顯得蒼白，我的手也是這樣。我的雙手和我的臉都比一般人要顯得蒼白，這是我的工作造成的後果。我知道當我把我的職業說出來的時候，夏就像我曾經有過其他的每一個朋友一般直接地誤解了我的意思。

在他的想像中，我的工作是一種爲了美化一般女子的容貌的工作，譬如，在婚禮的節日上，爲將出嫁的新娘端麗她們的顏面，所以，當我說我的工作並沒有假期，即使是星期天也常常是忙碌的，他就更加信以爲眞了。星期天或者假日總有那麼多的新娘。

但我的工作並非爲新娘化妝。我的工作是爲那些已經沒有了生命的人作最後的修飾。使他們在將離人世的最後時刻顯得心平氣和與溫柔。在過往的日子裡，我也曾經把我的職業對我的朋友提及，當他們稍有誤會時我立刻加以更正辯析，讓他們了解我是怎樣的一個人。但我的誠實使我失去了幾乎所有的朋友，是我使他們害怕了，彷彿坐在他們對面喝著咖啡的我竟也是他們心目中恐懼的幽靈了。這我是不怪他們的。對於生命中不可知的神祕面，我們天生就有原始的膽怯。我沒有在對夏的問題提出答案時加以解釋，一則是由於我怕他也會因此驚懼，我是不可以再由於自己的奇異職業而使我周遭的朋友感到不安，這樣我將更不能原諒我自己。其次，是由於我原是一個不懂得表達自己的意思的人，長期以來，我習慣了保持沉默。

但妳的臉卻是那麼樸素。他說。

當夏這樣說的時候，我已經知道這就是我們之間的感情路上不祥的預兆了。但那時候，夏是那麼地快樂，因爲我是一個不爲自己化妝的女子而快樂，但我的心中充滿了憂愁。我不知道，在這個世界上，誰將是爲我的臉化妝的一個人，會是怡芬姑母嗎？我和怡芬姑母一樣，我們共同的願望仍是在我們有生之年，不要爲我們自己至愛的親人化妝。我不知道在不祥的預兆躍升之後，我爲什麼繼續和夏一起常常漫遊，也許，我畢竟是一個人，我是沒有能力控制自己而終於一步一步走向命運所指引我走的道路上去；其實，對於我的種種行爲，我自己也無法作一個合理的解釋。因爲人難道不是這樣子嗎？人的行爲有許多都是令人莫名其妙的。

我可以參觀妳的工作嗎？夏問。應該沒有問題。我說。

她們會介意嗎？他問。恐怕沒有一個人會介意的。我說。

夏所以說要參觀一下我的工作，是因爲那個星期日的早上，我必需回到我的工作的地方去工作，而他在這個日子裡並沒有任何的事情可以做。他說他願意陪我上我工作的地方，既然去了，爲什麼不留下來看看呢。他說他想看那些新娘和送嫁的女子們熱鬧的情形，也想看看我怎樣把她們打扮得花容月貌，或者化醜爲妍。我毫不考慮地答應了。

我知道命運已經把我帶向起步的白線前面，而這注定是會發生的事情，所以，我在一間小小的咖啡室裡等夏來。然後我們一起到我工作的地方去。到了那個地方，一切就會明白了。夏就會知道他一直以爲是我爲他而灑的香水，其實不過是附在我身體上的防腐劑的氣味罷了；他也會知道，我常常穿素白的衣服，並不是因爲這是我特意追求純潔的表徵，而是爲了方便出入我工作的那個地方。附在我身上的一種奇異的藥水氣味，已經在我的軀體上蝕骨了，我曾經用過種種的方法把它們洗滌清潔，都無法把它們驅除，直到後來，我終於放棄了我的努力，我甚至不再聞得那股特殊的氣息。

夏卻是一無所知的，他曾經對我說：妳用的是多麼奇特的一種香水。但一切不久就會水落石出。我一直是一名能夠修理一個典雅髮型的技師，我也是個能束一個美麗出色的領結的巧手，但這些又有什麼用呢，看我的雙手，它們曾爲多少沉默不語的人修剪過髮髭❶，又爲多少嚴肅莊重的頸項整理過他們的領結。這雙手，夏能容忍我爲他理髮嗎？能容忍我爲他細心打一條領帶嗎？這樣的一雙手，本來是溫暖的，但在人們的眼中已經變成冰冷。這樣的一雙手，本來是可以懷抱新生的嬰兒的，但在人們的眼中已經成爲安撫骷髏的白骨了。

怡芬姑母把她的技藝傳授給我，也許有甚多的理由，人們從她平日的言談中

❶髭：嘴唇邊的短鬚。

可以探測得清清楚楚。不錯，像這般的一種技藝，是一生一世也不怕失業的一種技藝，而且收入甚豐。像我這樣一個讀書不多，知識程度低的女子，有什麼能力到這個狼吞虎嚥、弱肉強食的世界上去和別的人競爭呢。怡芬姑母把她的畢生絕學傳授給我，完全是因爲我是她的親侄女兒的緣故。

她工作的時候，從來不讓任何一個人參觀，直到她正式的收我爲她的門徒，才讓我追隨她的左右，跟著她一點一點地學習，即便獨自對著赤裸而冰冷的屍體也不覺得害怕。甚至那些碎裂得四分五散的部分、爆裂的頭顱，我已學會了把它們拼湊縫接起來，彷彿這不過是在製作一件戲服。

我從小失去父母，由怡芬姑母把我撫養長大。奇怪的是，我終於漸漸地變得越來越像我的姑母，甚至是她的沉默寡言，她的蒼白的手瞼，她步行時慢吞吞的姿態，我都越來越像她。有時候我不禁感到懷疑，我究竟是不是我自己，我或者竟是另外的一個怡芬姑母，我們兩個人其實就是一個人，我就是怡芬姑母的一個延續。

從今以後，妳將不愁衣食了。怡芬姑母說。

妳也不必像別的女子那般，要靠別的人來養活你了。她說。

怡芬姑母這樣說，我其實是不明白她的意思的。我不知道為什麼跟著她學會了這一種技能，我可以不愁衣食，不必像別的女子要靠別的人來養活，難道世界上就沒有別的行業可以令我也不愁衣食，不必靠別的人來養活麼。但我是這麼一個沒有什麼知識的女子，在這個世界上，我是必定不能和別的女子競爭的，所以，怡芬姑母才特別傳授了她的特技給我。她完全是為了我好，事實上，像我們這樣的工作，整個城市的人，誰不需要我們的幫助呢，不管是什麼人，窮的還是富的，大官還是乞丐，只要命運的手把他們帶到我們這裡來，我們就是他們最終的安慰，我們會使他們的容顏顯得心平氣和，使他們顯得無比的溫柔。

我和怡芬姑母都各自有各自的願望，除了自己的願望以外。我們尚有一個共同的願望，那就是希望在我們有生之年，都不必為我們至愛的親人化妝。所以，上一個星期之內，我是那麼地悲哀，我隱隱約約知道有一件淒涼的事情發生了，而這件事卻是發生在我年輕兄弟的身上。據我所知，我年輕的兄弟結識了一位聲色、性情令人讚美的女子，而且是才貌雙全的，他們彼此是那麼地快樂，我想，這眞是一件幸福的大喜事，然而快樂畢竟是過得太快一點了，我不久就知道那可愛的女子不明不白地和一個她並不相愛的人結了婚。為什麼兩個本來相愛的人不能結婚，卻被逼要苦苦相思一生呢？我年輕的兄弟變成了另外一個人了，他曾經這麼說：我不要活了。我不知道應該怎麼辦，難道我竟要爲我年輕的兄弟化妝嗎？

我不要活了。我年輕的兄弟說。

我完全不明白事情爲什麼會發展成那樣，我年輕的兄弟也不明白。如果她說；我不喜歡你了，那我年輕的兄弟無話可說的。但兩個人明明相愛，既不是爲了報恩，又不是經濟上的困難，而在這麼文明的現代社會，還有被父母逼了出嫁的女子嗎？長長的一生爲什麼就對命運低頭了呢？唉，但願我們在有生之年，都不必爲我們至愛的親人化妝。不過誰能說得準呢，怡芬姑母在正式收我爲徒，傳授我絕技的時候曾經對我說過：妳必需遵從我一件事情，我才能收妳爲門徒。我不知道爲什麼怡芬姑母那麼鄭重其事，她嚴肅地對我說：當我躺下，妳必需親自爲我化妝，不要讓任何陌生人接觸我的軀體。

我覺得這樣的事並不困難，只是奇怪怡芬姑母的執著，譬如我，當我躺下，我的軀體與我，還有什麼相干呢？但那是怡芬姑母唯一的私自的願望，我必會幫助她完成，只要我能活到那個適當的時刻和年月。在漫漫的人生路途上，我和怡芬姑母一樣，我們其實都沒有什麼宏大的願望，怡芬姑母希望我是她的化妝師，而我，我只希望憑我的技藝，能夠創造一個「最安詳的死者」出來，他將比所有的死者更溫柔，更心平氣和，彷彿死亡眞的是最佳的安息。

其實，即使我果然成功了，也不過是我在人世上無聊時藉以殺死時間的一種遊戲罷了。世界上的一切豈不毫無意義。我的努力其實是一場徒勞。如果我創造了「最安詳的死者」，我難道希望得到獎賞？死者是一無所知的，死者的家屬也不會知道我在死者身上所花的心力，我又不會舉行展覽會！讓公眾進來參觀分辨化妝師的優劣與創新，更加沒有人會爲死者的化妝作不同的評述、比較、研究和開討論會，這只是斗室中我個人的一項遊戲而已，但我爲什麼又作出了我的願望呢？這大概就是支持我繼續我的工作的一種動力了。因爲我的工作是寂寞而孤獨的，既沒有對手，也沒有觀眾，當然也沒有掌聲。

當我工作的時候。我只聽見我自己低低的呼吸，滿室躺著男男女女，只有我自己獨自低低的呼吸，我甚至可以感到我的心在哀愁或者歎息，當別人的心都停止了悲鳴的時候，我的心就更加響亮了。昨天，我想爲一雙爲情自殺的年輕人化妝，當我凝視那個沉睡了的男孩的臉時，我忽然覺得這正是我創造「最安詳的死者」的對象。他閉著眼睛，輕輕地合上了嘴唇，他的左額上有一個淡淡的疤痕，他那樣地睡著，彷彿眞的不過是在安詳睡覺。這麼多年，我所化妝過的臉何止千萬，許多都是愁眉苦臉的，大部分十分猙獰，對於這些面譜，我一一爲他們作了最適當的修正，該縫補的縫補，該掩飾的掩飾，使他們變得無限的溫柔。但我昨天遇見的男孩，他的容顏有一種說不出的平靜，難道說他的自殺竟是一件快樂的事情？但我不相信這種表面的姿態，我覺得他的行爲是一種極端懦弱的行爲，一個沒有勇氣向命運反擊的人應該是我不屑一顧的，我不但打消了把他創造爲一個「最安詳的死者」的念頭，同時拒絕爲他化妝。我把他和那個和他一起愚蠢地認命的女孩，一起移交給怡芬姑母，讓她去爲他們因喝劇烈的毒液而燙燒的面頰細細地粉飾。

沒有人不知道怡芬姑母的往事，因爲有些人曾經是現場的目擊者。那時候怡芬姑母年輕，喜歡一面工作一面唱歌，並且和躺在她前面的死者說話，彷彿他們都是她的朋友。至於怡芬姑母變得沉默寡言，那就是後來的事了。怡芬姑母習慣把她心裡的一切話都講給她沉睡了的朋友們聽，她從來不寫日記，她的話就是她每天的日記，沉睡在她前面的那些人都是人類中最優秀的聽眾，他們可以長時間地聽她娓娓細説，而且，又是第一等的保密者。怡芬姑母會告訴他們她如何結識一個男子，而他們在一起的時候就像所有的戀人們在一起那樣地快樂，偶然中間也不乏遙遠而斷續的、時陰時晴的日子。那時候，怡芬姑母每星期一次上一間美容學校學化妝術，風雨不改，經年不輟，她幾乎把所有老師的技藝都學齊了，甚至當學校方面告訴她，她已經沒有什麼可以再學的時候，她仍然堅持要老師們看看還有什麼新的技術可以傳給她。她對化妝的興趣如此濃厚，幾乎是天生的因素，以致她的朋友都以爲她將來必是要開什麼大規模的美容院。但她沒有，她只把學問貢獻在沉睡在她前面的人的軀體上。

而這樣的事情，她年輕的戀人是不知道的，他一直以爲愛美是女孩天性，她不過是比較喜好脂粉罷了。直到這麼的一天，她帶他到她工作的地方去看看，指著躺在一邊的死者，告訴他，這是一種非常孤獨而寂寞的工作，但是在這樣的一個地方，並沒有人世間的是是非非，一切的妒忌、仇恨和名利的爭執都已不存在。當他們落入陰暗之中，他們將一個個變得心平氣和而溫柔。他是那麼的驚恐，他從來沒想像她是這樣的一個女子，從事這樣的一種職業，他曾經愛她，願意爲她做任何事，他起過誓，説無論如何都不會離棄她，他們必定白頭偕老，他們的愛情至死不渝。不過，在一群不會說話，沒有能力呼吸的死者的面前，他的勇氣與膽量竟完全消失了，他失聲大叫，掉頭拔腳而逃，推開了所有的門，一路上有許多人看見他失魂落魄地奔跑。以後，怡芬姑母再也沒有見過他了。

人們只聽見她獨自在一間斗室裡，對她沉默的朋友們說：他不是說愛我的嗎？他不是說他不會離棄我的嗎？而他爲什麼忽然這麼驚恐呢？後來，怡芬姑母就變得逐漸沉默寡言起來，或者，她要說的話已經說盡，或者，她不必再說，她沉默的朋友都知道關於她的故事，有些話的確是不必多說的。怡芬姑母在開始把她的絕技傳授給我的時候，也對我講過她的往事，她選擇了我，而沒有選擇我年輕的兄弟，雖然有另外的一個原因，但主要的卻是，我並非一個膽怯的人。

妳害怕嗎？她問。我並不害怕。我說。

妳膽怯嗎？她問。我並不膽怯。我說。

是因爲我並不害怕。所以怡芬姑母選擇了我作她的繼承人。她有一個預感，我的命運和她的命運相同。至於我們怎麼會變得越來越相像，這是我們都無法解釋的事情，而開始的原因卻是由於我們都不害怕，我們毫不畏懼。當時怡芬姑母把她的往事告訴我的時候，她說，但我總相信，在這個世界上，必定有像我們一般，並不畏懼的人。那時候，怡芬姑母還沒有到達完全沉默寡言的程度，她讓我站在她的身邊，看她怎樣爲一張倔強的嘴唇塗上紅色，又爲一隻久睜的眼睛輕輕撫摸，請他安息。那時候，她仍斷斷續續地對她的一群沉睡了的朋友說話：而你，你爲什麼害怕了呢？爲什麼在戀愛中的人卻對愛那麼沒有信心，在愛裡竟沒有勇氣呢。在怡芬姑母的沉睡的朋友中，也不乏膽怯而懦弱的傢伙，他們則更加沉默了，怡芬姑母很知道她的朋友們的一些故事，她有時候一面爲一個額上垂著劉海的女子敷粉，一面告訴我：唉唉，這是一個何等懦弱的女子呀，只爲了要做一個名義上美麗的孝順女兒，竟把她心愛的人捨棄了。怡芬姑母知道這邊的一個女子是爲了報恩，那邊的女子是爲了認命，都把自己無助地交在命運的手裡，彷彿她們並不是一個活生生有感情有思想的人，而是一件件商品。

這眞是可怕的工作呀！我的朋友說。

是爲死的人化妝嗎？我的天呀！我的朋友說。

我並不害怕，是我的朋友害怕，他們因爲我的眼睛常常凝視死者的眼睛而不喜歡我的眼睛，他們又因爲我的手常常撫摸死者的手而不喜歡我的手。起先他們只是不喜歡，漸漸地他們簡直就是害怕了，而且，他們起先不喜歡和感到害怕的只是我的眼睛和我的手，但到了後來，他們不喜歡和感到害怕的已經蔓延到我的整體，我看著他們一個一個從我身邊離去。彷彿動物看見烈火，田農驟遇飛蝗。

我說：爲什麼你們要害怕呢，在這個世界上，總得有人做這樣的工作，難道我的工作做得不夠好，不稱職？但我漸漸就安於我的現狀了，對於我的孤獨，我也習慣了。總有那麼多的人，追尋一些溫暖甜蜜的工作，他們喜歡的永遠是星星與花朵，但在星星與花朵之中，怎樣才顯得出一個人堅定的步伐呢？我如今幾乎沒有朋友了，他們從我的手感覺到另一個深邃的國度與冰冷，他們從我的眼睛看見無數沉默浮游的精靈，於是，他們感到害伯了。即使我的手是溫暖的，我的眼睛是會流淚的，我的心是熱的，他們並不回顧。

我也開始像我的怡芬姑母那樣，只剩下沉睡在我的面前的死者成爲我的朋友了。奇怪我在靜寂的時候居然會對他們說：你們知道嗎，明天早上，我會帶一個叫作夏的人到這裡來探訪你們。夏問過：你們會介意嗎？我說，你們並不介意，你們是眞的不介意吧！到了明天，夏就會到這個地方來了。我想，我是知道這個事情的結局是怎樣的，因爲我的命運已經和怡芬姑母的命運重疊爲一了。我想，我當會看到夏踏進這個地方時的魂飛魄散的樣子，唉，我們竟以不同的方式令彼此魂飛魄散。對於將要發生的事情，我並不驚恐。我從種種的預兆中已經知道結局的場面。夏說：妳的臉卻是那麼樸素。是的，我的臉是那樣樸素，一張樸素的臉並沒有力量令一個人對一切變得無所畏懼。

我曾經想過轉換一種職業，難道我不能像別的女子那樣做一些別的工作嗎？我已經沒有可能當教師、護士，或者寫字樓的祕書或文員。但我難道不能到商店去當售貨員，到麵包店去賣麵包，甚至是當一名清潔女傭？像我這樣的一個女子，只要求一日的餐宿，難道無處可以容身？

說實在的，憑我的一手技藝，我眞的可以當那些新娘的美容師。但我不敢想像，當我爲一張嘴唇塗上唇膏時，嘴唇忽然裂開而顯出一個微笑時，我會怎麼想，太多的記憶使我不能從事這一項與我非常相稱的職業。只是，如果我轉換了一份工作，我的蒼白的手臉會改變他們的顏色嗎，我的滿身蝕骨的防腐劑的藥味會完全徹底消失嗎？那時，對於夏，我又該把我目前正在從事的工作絕對地隱瞞嗎？對一個我們至親的人隱瞞過往的事，是不忠誠的，世界上仍有無數的女子，千方百計的掩飾她們愧失了的貞節和虛長了的年歲。這都是我所鄙視的人物。

我必定會對夏說，我長時期的工作，一直是在爲一些沉睡了的死者化妝。而他必需知道、認識，我是這樣的一個女子。所以，我身上並沒有奇異的香水氣味，而是防腐劑的藥水味；我常常穿白色的衣裳也並非由於我刻意追求純潔的形象，而是我必需如此才能方便出入我工作的地方。但這些只不過是大海中的一些水珠罷了，當夏知道我的手長時期觸撫那些沉睡的死者，他還會牽著我的手和我一起躍過急流的澗溪嗎？他會讓我爲他修剪頭髮，爲他打一個領結嗎？他會容忍我的視線凝定在他的臉上嗎？他會毫不恐懼地在我的面前躺下來嗎？我想他會害怕，他會非常害怕。他就像我的那些朋友，起先是驚訝，然後是不喜歡，結果就是害怕而掉轉臉去。

怡芬姑母說：如果是由於愛，那還有什麼畏懼的呢？但我知道，許多人的所謂愛，表面上是非常地剛強、堅韌，事實上卻異常的脆弱、柔萎❷，吹了氣的勇氣，不過是一層糖衣。怡芬姑母說：也許夏不是一個膽怯的人，所以，這也是爲

❷柔萎：萎頓柔弱。

什麼我一直對我的職業不作進一步解釋的緣故，當然，另外一個原因是我完全是一個不擅於表達自己思想的人，我可能說得不好，可能選錯了環境，氣候、時間和溫度，這都會把我想表達的意思改變。我不對夏解釋我的工作並非是爲新娘添妝，其實也正是對他的一種考驗，我要觀察他看見我工作對象時的反應，如果他害怕，那麼他就是害怕了。如果他拔腳而逃，讓我告訴我那些沉睡的朋友，其實一切就從來沒有發生。

我可以參觀一下妳工作的情形嗎？他問。應該沒有問題。我說。

所以，如今我坐在咖啡室的一個角落等夏來。我曾經在這個時刻仔細地思想，也許我這樣對夏是不公平的，如果他對我所從事的行業感到害怕，而這又有什麼過錯呢？爲什麼他要特別勇敢，爲什麼一個人對死者的恐懼竟要和愛情上的膽怯有關，那可能是兩件完全不相干的事情。我年紀很小的時候，我的父母都已經亡故了，都是由怡芬姑母把我扶養長大的，我，以及我年輕的兄弟，都是沒有父母的孤兒，我對父母的身世和他們的往事所知甚少，一切我稍後知悉的事都是怡芬姑母告訴我的，我記得她說過，我的父親正是從事爲死者化妝的一個人，他後來娶了我的母親。當他打算和我母親結婚的時候，曾經問她：妳害怕嗎？但我母親說；並不害怕。我想，我所以也不害怕‧是因爲我像我的母親，我身體內的血液原是她的血液。

怡芬姑母說，我母親在她的記憶中是永生的，因爲她這麼說過：因爲愛，所以並不害怕。也許是這樣，我不記得我母親的模樣和聲音。但她隱隱約約地在我的記憶中也是永生的。可是我想，如果我母親說了因爲愛而不害怕的話，只因爲她是我的母親，我沒有理由要求世界上的每一個人都如此。或者，我還應該責備自己從小接受了這樣的命運，從事如此令人難以忍受的職業，世界上哪一個男子不喜愛那些溫柔、暖和、甜言的女子呢？而那些女子也該從事一些親切、婉約、典雅的工作。但我的工作是冰冷而陰森、暮氣沉沉的，我想我個人早已也染上了那樣的一種霧靄。那麼，爲什麼一個明亮如太陽似的男子要娶這樣一個鬱暗的女子呢，當他躺在她的身邊，難道不會想起這是一個經常和屍體相處的一個人，而她的雙手觸及他的肌膚時，會不會令他想起，這竟是一雙長期輕撫死者的手呢。

唉唉，像我這樣的一個女子，原是不適宜和任何人戀愛的。我想一切的過失皆自我而起，我何不離開這裡，回到我工作的地方去，世界上從來沒有一個我認識的人叫作夏，而他也將忘記曾經認識過一個女子。是一名爲新娘添妝的美容師。不過一切又彷彿太遲了，我看見夏，透過玻璃，從馬路的對面走過來。他手裡抱著的是什麼呢？應該是一束花。今天是什麼日子，有人過生日嗎？我看著夏從咖啡室的門口進來，發現我坐在這邊幽暗的角落裡。外面的陽光非常燦爛，他把陽光帶進來，因爲他的白色的襯衫反映了那種光亮。他像他的名字，永遠是夏天。

喂，星期日快樂。他說。這些花都是送給妳的。他說。

他的確是快樂的，於是他坐下來喝咖啡。我們有過那麼多快樂的日子。但快樂又是什麼呢，快樂總是過得很快的，我的心是那麼地憂愁。從這裡走過去，不過是三百步路的光景，我們就可以到達我工作的地方。然後，就像許多年前發生過的事情一樣，一個失魂落魄的男子從那扇大門裡飛跑出來，所有好奇的眼睛都跟蹤著他，直至他完全消失。怡芬姑母說：也許，在這個世界上仍有眞正具備勇氣而不畏懼的人。但我知道這不過是一種假設，當夏從對面的馬路走過來的時候，手抱一束巨大的花朵，我又已經知道，因爲這正是不祥的預兆。唉唉，像我這樣的一個女子，其實是不適宜和任何人戀愛的，或者，我該對我的那些沉睡了的朋友說：我們其實不都是一樣的嗎？幾十年不過匆匆一瞥，無論是爲了什麼因由，原是誰也不必爲誰而魂飛魄散的。夏帶進咖啡室來的一束巨大的花朵，是非常非常美麗的，他是快樂的，而我心憂傷。他是不知道的，在我們這個行業之中，花朵，就是訣別的意思。

問題與討論

1. 本文是一篇沒有結局／開放式結局的小說，請同學「續寫」，給這篇小說一個結局。
2. 本文有豐富的主題：關於死亡與存在、關於愛情與命運、關於主體意識與社會期待、關於語言的言不盡意等，以及在文中不斷擺盪的二元對立（花朵代表愛情的擁有或訣別、夏的開朗及我的陰鬱、順從或反擊命運、了解與誤解、喪禮或婚禮的化妝師……），請試著加以說明。

〈子執之手〉❶

吳鈞堯

作者

吳鈞堯出生福建金門，十二歲遷住臺灣，中山大學財管系，東吳大學中文所碩士畢業。曾獲《聯合報》、《中國時報》小說獎，梁實秋、教育部散文獎，數次入選年度小說與散文選。二〇〇五年、二〇一二年，兩次獲頒發五四文藝獎章，現任《幼獅文藝》主編。吳鈞堯同時創作散文及小說，著有《荒言》、《火殤世紀》、《遺神》、《孿生》等書，本文選自《熱地圖》。《熱地圖》一書以詩性語言追悼時光的流逝，載敘作者對故鄉金門的深深眷戀，重建對於故鄉以及新家園的溫熱想像。本文以「男性—慈父」為主軸，勾勒「爺爺—父親—自己—兒子」的親情，意象豐富，情感深刻，實是當代親子書寫題材中相當出色的一文。

❶語出自《詩經．邶風》：「死生契闊，與子成說；執子之手，與之偕老。」在此，作者將「執子之手」，攜手到老的男女情愛，翻轉為父母子女之間「子執之手」的親情眷顧。

課文

已許久沒牽孩子。逛街、過馬路或散步，常與孩子牽手。警戒到危險，如路口車多、異地踏旅，我都率先握孩子。

牽著孩子，我跟自己的手，成爲一種覆蓋，身體自然轉向危險處，如車流、如崖路，我探前如哨兵、護衛如隨扈。只是牽手，卻猶如證件，不標示配偶，而注寫著人父。孩子更常牽我，想像接力賽，你向後看，伸出手，等選手來追，遞上手中棒，想像遞上的是孩子的手。這是多年來，子執我手的方式，我常想，是孩子一天天牽我，如父親牽女兒走紅毯，過繼我另一個身分。

最初，孩子無言，只能示以姿態與哭泣，手揮腿踢，雖大聲驚哭，卻似貓嗚，彷如粗聲暴氣，更像小心翼翼。我來到孩子跟前，伸展雙手，開口說抱抱。孩子還不能正確伸手，我必需趨前，托頸項、扶腰身，愼重珍惜，彷彿古代瓷器，甫出土。然後我知道，我是易碎的，我還不知道怎麼當個父親。

多年後，透過無意拍下的照片，察覺到襁褓時刻，父親多不在。孩子坐嬰兒椅，手舉湯匙如射靶，難得命中唇心；舉杯飲水似祈神祭祀，灑了好幾杯還不夠。孩子的臉被食物畫花，照片斜後方，岳父安然看電視，無視激烈的食物教戰。這是一場搏鬥，孩子與食物、父母與餐盤，孩子必需練習精準獲取食物，父母則在疲憊中，憚❷看孩子與食物的戰局。陣勢多口齒不清、戰況常面貌模糊，父母耐心等待，孩子以食局、以餐盤的模樣，告訴他們，他已懂得用手。

所謂的「他們」，常不包括父親。父親多在孩子能走，且懂得操用語言，才成為人父。如同岳父與孩子，透過買糖與玩具，祕密建立爺孫的關係。我與爺爺也是，小學一、二年級上半天課，我從學校快走回家。爺爺會等我喝完一碗粥，再相偕到戲院。他不待坐廳堂而立站門口，以前傾的姿態告訴我，他已等得急了。我跑向爺爺，當他的另一支枴杖，循蜿蜒小徑、過崩壁山路。

檢索童年，發覺父親在童年的後頭才漸漸出現。我要沿襲父親，在孩子的童年末梢才姍姍來？父親有六個孩子，我料想，他不曾與誰牽手，也可能未曾與爺爺牽手，所以，他現在牽孫牽得比誰都緊。牽大哥的孩子、弟弟的以及我的。孩子就讀幼稚園期間，課後送至父母家，一次進門，孩子正騎上父親脖頸，抓白髮

❷憚：害怕、畏懼。

如馬鬃，喊著尬、尬，快跑。父親笑得滿臉紅，我彷如一個觀眾，走進爺孫倆的戲院。

辭職當奶爸，是劇本離了套，我從觀眾變身演員，沒時間羞赧跟排演，還好，孩子是唯一的觀眾。我演公雞，咕咕啼；演大象，左手捏鼻，右手模仿長鼻，上下晃。我扮馬跟牛，孩子坐上拱起的背，顛晃間，吱吱笑。不需要扮演，我就是大力士，平舉孩子，喊「燕子翻身」，孩子如體操選手訓練有素，瞬間挺腰。我賣力演出，孩子不懂得鼓掌，幸好也不挑剔。我們繞茶几，追彼此的後腳跟。孩子咬不了我、我啃不了小孩子，但被抓到，彷彿身陷危局，孩子著迷於危險來襲的驚悚，遊戲所以名之「鱷魚」。

我與孩子互相學習，如何馴服雙手。孩子指甲利，常抓傷手臉，他不知道受傷且傷到了自己。孩子的手常緊握，我伸食指鬆開他的掌心，手得放開，才容有空間握住新物。食指、沙鈴、奶瓶等，他漸漸能夠掌握，孩子花三個月，才精確抓到嘴裡的奶嘴，我與妻同聲歡呼。孩子混沌，雙手蠻荒，雖開天闢地而爲人，得賴時間縫補。我則訓練自己慢下來，孩子奶後，我輕拍他後背，等待一句應允從他的肚腹升起。我睏累極了，未知黎明，還是魏晉❸。我不能搖晃孩子如香檳、粗糙放置如寶特瓶，手微曲，以掌心的空，拍擊孩子的實，最後引出的不是語言，而是應允。遲遲地，咖吖嗝響，我終可沉睡。

睡著了，我的手常在暗夜探索孩子。我是父親了，我的手也是，我的雙手變得嘮叨，它們已脫離我，有了自己的思惟。

我終與孩子牽手。牽孩子手，必需等，仿如鐘乳石洞，時間夾帶岩質，吖吖。一在頂、一在地，不知何時接壤？參觀張家界鐘乳石洞，導遊說等我們都老了，還不及見天、地會面。我牽孩子，探看打光後，如七彩龍宮的鐘乳石洞。妻與母親走後頭，母親認出形似佛陀的石柱，虔誠合十。我們觀賞連體的石柱，也看天、地分隔的兩界。

孩子小時，我泡牛奶、拎尿片或者外出歸，孩子看見我，高舉雙手。我是天、是鐘乳石洞的頂，呼應他的召求而來。我們彼此伸手，我迎向他，判斷他哭是餓、是渴，或是尿布漲腫，然後漲成淚水。或病毒伏行，攻占他的腸胃。或者

❸原典出自陶淵明〈桃花源記〉：「問今是何世，乃不知有漢，無論魏晉」。魏晉，在此泛指時間概念。

物事更不可知，兜繞孩子頂上。孩子笑，我們道是床母❹陪伴戲耍。夜深驚鳴，孩子抓舞，雖朝上，卻不看著我。孩子看得仔細，滿臉驚惶，又閃爍逃避。我終知道，任我的手再伸、再遠，終有到達不了的地方。

照顧孩子年餘，曾為了金門寫作案，於社區找保母，我過午才送去，常提前去接。有一次接孩子歸，孩子正爬行客廳深處，聞門鈴響，認出是我，快速爬過來。小掌兩隻劈啪著地，拍拍、拍拍，彷彿與大地鼓掌。他爬在地，更像凌空飛來，我抱起孩子，也像是他高高舉起我。

我趁機返鄉，以前回家單身未婚，這次回來，我是一個父親了。我跪老家廳堂、跪廟裡，祈求先祖與眾神，請祂們朝東看、往北行，請祂們看顧孩子如看護我。

一年後帶孩子回鄉，晚上住堂嫂家。孩子能跑、能跳，話語機伶伶，喊說「金門是蝴蝶與小鳥的操場」。侄女就讀國中，為孩子更衣洗澡，熟練猶如母

❹床母：即床神，傳說中嬰幼兒的守護神。祭祝床母是古人們自然崇拜中的庶物崇拜（灶、門、井等），以祈求嬰幼兒平安健康長大。

親。我跟孩子說，我是堂嫂帶大的，孩子不明白童養媳，但聽懂堂嫂很小就離開父母了。

堂嫂從童年就學習怎麼當母親，她大我十二歲，卻長我一個人世。也才知道，我有兩個哥哥早逝，母親面對新生兒，猶如重回悲劇現場，自視不祥，婉拒照料孩子。我辭職帶孩子，他們雖憂，終說不出口。母親生下我後，爲我取女名騙神，拜堂伯爲義父，起居則託付堂嫂。我爲父母，捻香兄長，祈禱陰間與陽世，俱都放下了。

我閒逛老家，與孩子述說往昔，不僅父親出現在童年的後緣，連母親也是。不祥之念必長期困惑他們，他們不能朝我伸手，跟我說抱抱，而必需把我轉向，朝他人、迎眾神，學發人間的第一個音。

許久沒牽孩子了，以往，孩子總從斜後方伸手給我，而今長大長高，經常跨大步走在前頭。我的後邊有個空洞，我跟上他。

陪孩子上幼稚園、國小以及國中，我們在途中分岔，他就學、我上班，也到了分岔點，才鬆開彼此。但現在，我們在家中就已分岔了，他國中畢業前，我們相偕晨行，我故意走快跟上，握他的手。沒料到手會生鏽，雖在鎖孔置放正確鑰匙，轉動時卻啦啦響，孩子也聽見了，輕甩手，震掉滿身不自在。

週三晚，定期與父母晚餐。返家時，孩子走在前面，身軀孤挺，彷彿花生芽，掙脫左、右兩個莢，挺立土夯❺中，迎風昂揚。我喚住他，可看見爺爺的手臂？父親曾中風，急救得宜痊癒，需服用通血劑，打散血液中的淤積。血管該老、該厚，卻變薄、變脆，碰撞之間，瘀傷輕易。

我讓孩子撥電話問候，我知孩子應答，沒聽到父親的，掛電話後我問，爺爺高興得說不出話？爺爺越說不出話，越要說，話聲混笑聲，爺爺到底說了什麼就聽不清了。孩子訝異，他不知道，我聽的不是語言，而是習慣。

幾次看孩子走在前頭，常萌錯覺，以爲是父親。我跟上孩子，彷彿跟上父親。

我不牽父親的手。他的手用來播種、牽牛、持犁，在搶灘時，搬運糧食與砲彈。搬遷臺灣後，父親搬磚鑿牆，回家後洗菜做飯。攤開記憶，我不曾伸出手，朝父親跑去。

❺土夯：田裡乾燥的泥塊。在此指的是牛犁過田地時，泥土左右翻開，經太陽晒後結塊，即成土夯。

許久沒牽孩子了，也想起從未握過父親。孩子幼稚園時，課後託父母照顧，有幾次見父親張望巷口，等候娃娃車，神態專一，猶如忠心耿耿的隨扈。還有幾回，遠遠看見娃娃車停，父親接了孩子，笑得開懷，祖孫倆手牽手走在前面，一老一少，話竟沒停。我也想起，很少跟父親聊些什麼。

我默默尾隨父親與孩子。

一個喊聲鏗然而至，「是等到了抹？」母親倚窗，從三樓窗台探出頭，朝長巷嚷。父親朝上，粗聲粗氣回說：「沒等到，是要按怎回去？」父親低頭與孩子說，你這個阿嬷，腦袋空空。「空、空，你聽有抹？」

我聽到母親的喊聲便自動停下了，我知道窗台視角的極限。以前的我，也常在窗台，等候父親與母親，一個收工、一個下班，看他們一步一步，走進長巷。

我知道不走，母親就看不到我。我看著父親與孩子走進公寓大門，公寓樓梯間，燈光乍亮。我聽到母親旋轉喇叭鎖，鎖頭開、拍搭響，拉開鐵門扣鎖，一聲晃吋，廳堂的光打往樓梯間，照得更亮。母親總是不說、不問，而微笑默默，看著從樓梯走上來的我、孩子以及我的手足們。

兩分鐘後，我走向父母家。抬頭，家裡的窗台內，光移流而下，吋吋落地，映著長巷。我循梯而上，循著幽暗中，映著光的通道，回家。

問題思考

1. 文中提到「爺爺—父親—自己—兒子」的情感，文中如何梳理及書寫「父—子」親情？作者成為父親後又如何去看待自己和父親、爺爺之間的情感？
2. 本文思考了父母子女之間的情感及互動之外，也可由此延伸至當今許多社會議題，例如新住民、隔代教養的問題，以及民間信仰或習俗的思考，或是偏鄉教育或離島的鄉土情懷，試就此作討論。

延伸閱讀

1. 白先勇，《第六隻手指》，一九九五年，臺北：爾雅出版社。
2. 吳鈞堯，《熱地圖》，二〇一四年，臺北：九歌出版社。
3. 芥川龍之介，葉笛譯，〈杜子春〉，《羅生門》小説集，一九七八年，臺北：大林出版社。
4. 青木新門，蕭雲菁等譯，《納棺夫日記》，二〇〇九年，新北市：新雨出版社。
5. 袁瓊瓊，〈燒〉，《滄桑》，一九八五年，臺北：洪範出版社。

6.張愛玲，《金鎖記》，《張愛玲全集》，一九九一年，臺北：皇冠出版社。

7.蔡逸君，〈聽母親說話〉（第一屆林榮三散文獎，二〇〇五年十二月五日自由時報副刊）

7.龍應台，《目送》，二〇〇八年，臺北：時報文化出版社。

8.鍾理和，〈貧賤夫妻〉，《鍾理和全集》，一九九四年，高雄：縣政府文化局。

9.簡媜，〈漁父〉，《只緣身在此山中》，二〇〇四年，臺北：洪範出版社。

單元作業

1.請從你的閱讀經驗中，找一篇或一部作品，有關親情或愛情的主題，講述它動人的理由。請作成PPT於課堂上與同學分享。

2.你是否常跟父母親說說話、聊聊天，寫一封信給父親／母親，分享你的生活，或者把你不曾言說的心情告訴他們。

單元二

書寫女性與女性書寫

導讀

中國古典文學的創作行列中少有女性作家，雖有優秀如李清照、朱淑貞、薛濤等人，但在如繁星般燦爛的中國文學史上，她們的光芒卻相當微弱。古代女性受教育者有限，能夠脫離父權的意識形態束縛而創作的幾乎沒有。女性的生活、女性的心情、女性的形象，多是依託男性作家創作，為其代言。

本於對女性關懷的視角，本單元我們選擇八篇經典作品，其中最早的是《詩經》〈邶風・柏舟〉與〈衛風・氓〉。〈柏舟〉共五章，每章六句。歷來對於此詩詩旨的詮釋未有定說，我們所採取的說法大致偏向朱熹「婦人不得於夫」之說。這篇作品可視為一婦人自道在婚姻中進退兩難的處境，並直白的描寫自己無可奈何的憂慮心情。〈柏舟〉中的女子無法拋開憂傷，闊步向前，身邊亦無可訴苦、支持她的人。加上女子又不是一個可以隨便改變志節、迎合別人的女人，這使得她的憤懣更深，無法翺翔。

另一篇〈氓〉共六章，每章十句。本詩為棄婦自述戀愛到被棄的生命經驗。一、二章乃女子追溯與男子相識相戀、情意綿綿、訂下婚約的過程；三、四、五章敘述女子嫁後的勞苦，男子違背誓言乃至於暴力相向，女子遭棄，又被家中兄弟嘲笑；六章傷懷悔恨，揪心斷念。詩中寫女性的痴情與韌性，也寫女性剛烈和哀怨。她一方面理智的剖析自己的經歷，一方面又抒情的追憶、激憤的哀嘆，本詩融合敘述、抒情與議論於一爐，善於利用身邊事物做貼切的比興，勾勒出一飽滿的女性形象。在強調三從四德的傳統父權架構中，女性面對困境沒有資源與之反抗，更遑論搏鬥，想要活出自我是困難的，可是這兩位女子也並不全然屈從。〈柏舟〉和〈氓〉中的女性因此既讓我們同情，也讓我們敬愛。

同樣的，在漢代民歌〈上山採蘼蕪〉裡，我們也讀到女性被棄的悲歌。這首詩只是取了一個被棄婦人離異後再遇原來丈夫的畫面，沒有過多的解釋，留給讀者許多想像的空間。我們自一段簡單的家常對話裡得知婦人的哀怨、丈夫對以前妻子的留戀之情。至於這對夫妻何以離異？或是故夫喜新厭舊、或是婦人不孕、或是受到家長的反對被迫分離？都有可能。漢代以降有七出之條，如無子、嫉妒等，婦人犯上其中一條都足以被驅逐出夫家。這樣的壓力有時來自於丈夫，有時來自於公婆及其親族。恩愛夫妻因妻子不得於父母而被拆散，見諸中國文學作品，〈孔雀東南飛〉是，陸游的〈釵頭鳳〉亦是，這些都是在傳統封建家庭下的婚姻悲劇。我們固然無法確定這對夫妻是否是被迫仳離，但是可知傳統女性角色的被動和卑微。

封建傳統下的女性被動而飽受壓抑，明代湯顯祖反思禮教對於情感與慾望的壓抑而導致人的扭曲，在《牡丹亭》中塑造了大膽的女性：杜麗娘。杜麗娘因情而死、為情而生，由於至情而超越生死。本單元選讀《牡丹亭》中的〈閨塾〉一齣，劇作家利用陳最良（教師）、春香（丫環）、杜麗娘（小姐）三人身分與個性上的差異，形塑了戲劇的衝突，也批判了僵化的禮教思想，為後文〈驚夢〉的前導與鋪墊。杜麗娘身為官宦人家中的閨閣女子，她的反叛雖不絕對，但若無杜麗娘的默許，身為婢女的春香也絕不敢調侃老師。杜麗娘在〈閨塾〉中的春心萌動，顯露生而為人對於原始愛慾的自然渴望，在一個連家中後方有一大花園都不知曉的封建家庭中，杜麗娘所受的束縛可想而知。然而一個青春易感的心靈又怎麼能夠被壓抑綑綁？杜麗娘離開了她的身體，才因此獲得了愛情的自由，這一看來荒誕的情節設計，不能不說是湯顯祖的諷刺。所以《牡丹亭》的末了，杜麗娘想要回歸人世，取得社會認同的道路仍舊是困難重重。

直到現代，女性的意識才漸漸抬頭，受到新式教育的女性開始思索自我的角色，究竟要忍受不合理與不平等的要求，還是該為自己的命運發聲，尋找自我？童真〈穿過荒野的女人〉出版時間為一九六〇，蓉子〈我的妝鏡是一隻弓背的貓〉寫於一九六六。她們同是受到新式教育，一九四九年渡海來臺的臺灣戰後第一代女作家。〈穿過荒野的女人〉這篇短篇小說遙遙呼應了〈柏舟〉與〈上山採蘼蕪〉的女性處境，思索女性如何擺脫男尊女卑的框架，重建主體性的問題。

類似〈柏舟〉中的女人，「亦有兄弟，不可以據」、「覯閔既多，受侮不少」；〈穿〉中的女性薇英是家道中落娘家的希望，娘家以她的姿色為籌碼，攀上了財主家的婚姻，但是薇英卻無法贏得公婆與丈夫的疼愛，甚至最後薇英也因父兄無法從她身上任何好處而鄙棄她。薇英在落得「休妻」命運之後，她的人生並沒有因此而告終，她反而堅強起來，斷然接受離婚，毅然帶著襁褓中的女兒走出了陰暗的夫家、譏誚她的娘家。傳統的女性，婚姻是她們的事業也是志業，這樣的選擇為女性的命運開拓了新局，現代女性的生命原能有他種可能。童真在小說中表現女性的韌性、智慧和自主性，薇英排除困難完成學業、教養女兒、自食其力，沒有依賴任何援助。小說名稱「穿過荒野的女人」正象徵了女主角的處境，她沒有任何支援，滿地都是荊棘和亂石，而她卻披荊斬棘，孤獨堅毅的走出了荒野。

薇英處在夫家與娘家的夾縫裡，也處於新舊交替的時間層疊裡。小說中要用洋車或是花轎迎娶的紛爭是個時代隱喻，核心的問題是她究竟該成為什麼樣的人？是屈意承歡，侍奉翁姑、丈夫的舊派女人，還是如他丈夫所愛，受新式教育的新派女人？然而，她不論如何自我變形，始終無法贏得他們的尊重。她的丈夫偉博誠然敬重他那些受過教育的新式女子，卻不曾敬愛過她。偉博所受的新式教育，未曾使他同情受封建家庭所操控的自己的妻子。童真對於新式教育沒有浪漫的幻想，父權社會的意識形態並未隨著新男性受到教育就灰飛煙滅或稍作讓步。一直到薇英自己受了教育，她才能完全的自立起來，成為一個能自主型塑自我形象的人。

袁瓊瓊〈自己的天空〉中的靜敏是失婚後自立的另一個形象。〈自己的天空〉中的情節猶如當代社會中常見的場景，丈夫外遇、外遇對象懷孕、要求分居。而向來依賴的家庭主婦靜敏竟然「膽敢」推翻了前夫的歸派，主張離婚。靜敏的離婚彷佛是個未經計畫的意外，卻也可見她心中暗藏的小小反叛因子以及對於父權的不耐。

在八〇年代出版的〈自己的天空〉沒有像是〈穿過荒野的女人〉的薇英般著墨於經濟自立的艱辛，小說敘述較多的是離婚後靜敏的情感互動。先是與昔日小叔良七的曖昧，後是追求新的感情對象屈少節、最後再調侃前夫良三。靜敏比較起薇英，愛情上作了完全不同的決定。薇英拒絕了對她表白的男子，不再依附任何人，如在荒野般獨立撫養女兒長大成人。靜敏則從猶疑到主動追求愛情，取得了經濟上的自立也爭取到她心儀的對象，顯見現代女性追求完善和自我發現，不只在於經濟獨立，也在於情感自主。然而，〈自己的天空〉仍留下了一個疑惑待讀者思考：靜敏追求愛情的同時，也成為了他人婚姻的第三者，這除了是一個道德的問題之外，是否也真能以此代表她脫離了父權思想的左右，成為一位「自主、有把握」、飛翔於「自己的天空」的女性？

薇英反叛封建傳統給她的既定命運，靜敏力圖尋求自我發展，傳統婦德教育要求的女性不是純潔貞德就是溫順服從，女性的形象平板單一。然而，這並非是女性沒有多樣而豐富的面貌。蓉子〈我的妝鏡是一隻弓背的貓〉以及周芬伶的〈汝身〉都表現了女性豐美的樣貌。現代女性不滿意男尊女卑的限制，也對霸道的父權制提出：你「從未正確反映我的形象」的控訴。評論者對蓉子此詩有多重詮釋，而同為詩人的評論家何金蘭（尹玲）的論述則在女性觀點上尤具啟示性。她指出：

「妝鏡是作者書寫時生存的社會；父權制社會裡，女性的『形象』只是隨時受到影響而『變換』成男性要求的『鏡像』罷了。」蓉子表現出女性受到父權限制與壓抑下無奈和痛苦，如此反思了女性的處境，也強烈表現出女性自覺的一面。

周芬伶〈汝身〉則以水晶日、水仙日、火蓮日、苦楝日象徵女性命運的四個階段：女孩、少女、人母、老嫗。細緻描寫在不同人生階段裡，女性所擁有的獨特樣貌。作者運用「她」此一人稱代名詞，一方面是從己身的身體經驗出發，一方面是寫出女性共同的生命樣態。如同周芬伶評析己文：「女子之肉身是多次元的生命體，你中有我，我中有你」。女性的生命是豐富、富饒的，透過現代女作家的靈慧之筆，再現了女性生命，也肯定了女性自身，鑑照出珍珠般的光彩。

從傳統到現代，本單元企圖由這八篇作品裡面看出女性命運的困局，以及女性企圖擺脫限制的努力。當代的女性書寫已漸漸擺脫苦情，表現出自強自重、多采多姿的複雜面向，其藝術成就值得我們持續關注。

〈柏舟〉、〈氓〉

《詩經》

作者

《詩經》是中國最早的詩歌總集，其中各篇作者多已不可考。〈柏舟〉出自〈邶風〉，〈氓〉出自〈衛風〉。

對〈柏舟〉一篇作者性別說法不一，至今仍未有定見。歷來說法大致上可分為兩種，一是以《毛詩序》之說為代表，一是以朱熹《詩集傳》之說為代表。《毛詩序》：「〈柏舟〉，言仁而不遇也。衛頃公之時，仁人不遇，小人在側。」《毛詩序》認為這首詩是男子所作，寫賢臣不遇、君王被小人包圍的憂愁。朱熹則認為此詩出於婦人，是：「婦人不得於其夫，故以柏舟自比」。而朱熹此說乃是本於治《魯詩》的劉向，他在《列女傳．貞順篇》中說〈柏舟〉是「衛宣夫人」所作之詩。

〈氓〉一詩的內容乃女子自述戀愛、婚配、被棄、追念往昔的過程。歐陽修《詩本義》云：「是女被棄逐，怨悔而追敘與男相得之初，殷勤之篤，而則其終始棄背之辭。」即大略勾勒出了本詩的主旨。

課文

〈柏舟〉

汎彼柏舟❶，亦汎其流❷。耿耿❸不寐，如有隱憂。微❹我無酒，以敖以遊。

我心匪鑑❺，不可以茹❻。亦有兄弟，不可以據❼。薄言往愬❽，逢彼之怒。

我心匪石，不可轉也。我心匪席，不可卷❾也。威儀棣棣，❿不可選⓫也。

憂心悄悄⓬，慍⓭於群小。覯閔⓮既多，受侮不少。靜言思之，⓯寤辟有摽。⓰

❶汎：音范。漂流貌。柏舟，柏木所製之舟。

❷流：流水。隨著流水漂流的意思。

❸耿耿：憂煩貌。

❹微：非。

❺匪：非。鑑，鏡子。

❻茹：《毛傳》解釋為度，有容納之意。

❼據：依靠。

❽愬：音義同訴，訴苦之意。

❾卷：音義同捲。

❿威儀：容止。棣棣，雍容而嫻雅。

⓫選：數也，動詞。或解釋為選擇，意指不可隨意揀擇。

⓬悄悄：憂心貌。

⓭慍：怒也。慍於群小，為群小所怒恨。

⓮覯：音構，遭逢。閔，痛也。

⓯靜言思之：靜靜的思考。

⓰辟：音闢，拊心貌。有摽，拍擊。

日居月諸，[17]胡迭而微？[18]心之憂矣，如匪澣衣。[19]靜言思之，不能奮飛。

〈氓〉

氓[20]之蚩蚩[21]，抱布貿絲。[22]匪來貿絲，來即我謀。[23]送子涉淇[24]，至於頓丘[25]。匪我愆期[26]，子無良媒。將[27]子無怒，秋以爲期。

乘彼垝垣，[28]以望復關[29]。不見復關，泣涕漣漣；既見復關，載笑載言。爾卜爾筮，體無咎言。[30]以爾車來，以我賄[31]遷。

[17] 日居月諸：若以女子口吻解，日月則指丈夫。

[18] 胡迭而微：迭，更迭。微，昏暗不明，指日蝕月蝕。

[19] 匪澣衣：未洗濯之衣。

[20] 氓：流民。

[21] 蚩蚩：笑嘻嘻的樣子。

[22] 布：有二說，一說為布帛之布，一說布泉，為古錢幣。貿，交易。

[23] 即：接近。謀，商議婚事。

[24] 淇：衛國水名。

[25] 頓丘：地名，在今河南清豐縣。

[26] 愆：音千。愆期，誤期失約。

[27] 將：音槍。請，願。

[28] 乘：登上。垝，音軌，高。垣，音元，牆。

[29] 復關：回來的車。復，返。關，車廂，指車。復關另有一說為男子所居之處，用以代稱男子。

[30] 體：卦體，即卜筮所呈現的兆象。咎言，凶辭，不吉利。體無咎言，卜筮結果為吉。

[31] 賄：音會，財物，指嫁妝。

桑之未落，其葉沃若㉜。于嗟鳩兮，㉝無食桑葚。㉞于嗟女兮，無與士耽㉟。士之耽兮，猶可說㊱也；女之耽兮，不可說也。

桑之落矣，其黃而隕。自我徂㊲爾，三歲食貧㊳。淇水湯湯㊴，漸車帷裳。㊵女也不爽，㊶士貳其行。㊷士也罔極㊸，二三其德。㊹

三歲為婦，靡室勞矣。㊺夙興夜寐，㊻靡有朝矣。㊼言既遂矣，㊽至於暴矣。兄

㉜沃若：潤澤貌。

㉝于嗟鳩兮：于：音虛。于，通吁，感嘆詞。鳩，斑鳩鳥。

㉞無食桑葚：告訴斑鳩誤吃桑葚。朱熹《詩集傳》：「葚，桑實也。鳩食桑葚多，則致醉。」

㉟耽：沉溺於歡樂。

㊱猶：還。說，解說。

㊲徂：音殂，往也，此引申為嫁。

㊳食貧：生活貧困。

㊴湯：音傷。湯湯，水勢盛大貌。

㊵漸：浸濕。帷裳，車上布幔，此引申為女子所乘的車子。這兩句可解為婦人述其被棄而去的情景，也可解為婦人追溯來嫁時的情景。

㊶也：語中助詞。爽，過失。女也不爽，女子並無差錯。

㊷貳：兩樣。貳其行，行為不同於往日。

㊸罔極：無良。

㊹二三其德：如今言三心二意。

㊺靡：不，無。無入室休息之時，言極辛勞。

㊻夙興夜寐：早起晚睡。

㊼靡有朝矣：沒有一朝不如此，即天天之意。

㊽言：語首助詞，無義。遂，成，謂已訂下誓約。或說生活過得安定。

弟不知，咥[49]其笑矣。靜言思之，躬自悼矣。[50]

及爾偕老，[51]老使我怨。[52]淇則有岸，隰則有泮。[53]總角之宴，[54]言笑晏晏[55]。

信誓旦旦，不思其反[56]；反是不思，[57]亦已焉哉。[58]

問題與思考

1. 請試著說明〈柏舟〉和〈氓〉中的女子的性格與處境。並且試著將作品的時空換成今日，若你是作品中女性的好友，請問你將如何安慰她，指引她走出人生的方向？
2. 這兩篇作品可與童真〈穿過荒野的女人〉參照閱讀，並思考這三篇作品有何合契之處，試著比較、討論。另外，張愛玲在散文作品〈論寫作〉一文也曾明確自言其小說〈傾城之戀〉的背景即是由〈柏舟〉這首詩而來。不妨再延伸閱讀張愛玲〈傾城之戀〉，對於〈柏舟〉也能有更多的體會和想像。

[49] 咥：音嘻，嘲笑。

[50] 躬：自身。悼，悲傷。

[51] 及爾偕老：即與子偕老，與丈夫相伴到老之意。

[52] 老使我怨：老承上句「偕老」而來，說「偕老」之說反而使我（女子）心生怨懟。

[53] 隰：音席，低濕之地。泮，音義同畔，邊際。

[54] 總角：結髮。古男未冠女未笄時，皆束髮為兩角，故稱總角。宴，歡樂。

[55] 晏晏：和悅溫柔貌。

[56] 反：從前、舊時。

[57] 反是不思：為「不思其反」的倒裝，謂舊時一切都不想想。

[58] 已：止。焉、哉，語助詞連用，表感嘆。已焉哉，到此為止了吧！

〈上山採蘼蕪〉

古詩

作者

本詩首見於《玉台新詠》，題為古詩，作者不可考。《太平御覽》則將之歸為「古樂府」，可見古詩和樂府初時不易分。

「樂府」本為一音樂機構之名，秦時已設有樂府。漢初承襲，至漢武帝方擴大樂府規模。《漢書．藝文志》：「自孝武立樂府而採歌謠，於是有趙、代之謳，秦、楚之風，皆感於哀樂，緣事而發，亦可以觀風俗，知薄厚云。」知樂府詩乃本於民間，有強烈的現實關懷。漢樂府詩的語言生動樸素，敘事性強為其藝術上的重要特色。

課文

上山採蘼蕪❶，下山逢故夫。長跪❷問故夫：「新人復何如？」「新人雖言好，未若故人姝❸。顏色❹類相似，手爪❺不相如。」「新人從門入，故人從閤❻去。」「新人工織縑❼，故人工織素❽。織縑日一匹❾，織素五丈餘。將縑來比素，新人不如故。」

問題與思考

1. 請試著分析本篇作品中，男子與女子對於彼此的情感。
2. 以女性命運為作品題材的文學作品很多，請試著舉例並與大家分享你閱讀的心得。

❶蘼蕪，香草名。
❷長跪，直身跪地。
❸姝，音書，美好。
❹顏色，容貌。
❺手爪，指女子紡織等手藝。
❻閤，音革，旁門、小門。
❼縑，音兼，黃絹。
❽素，白絹。素較縑為貴。
❾匹，單位詞，一匹四丈。

〈穿過荒野的女人〉

童眞

作者

童真（一九二八），浙江慈溪人，臺灣戰後五、六〇年代表小說家之一，晚年旅居美國新澤西州。丈夫為翻譯家陳森。一九五一年開始寫作，因丈夫任職臺灣糖業公司，多隨丈夫居住在臺灣鄉間，利用平日主婦生活之餘創作。她憑著敏銳的感受，鎔鑄她的生活經驗和獨特感受進入作品，重視結構布局，善於描寫細緻的情感，在本篇作品中即以女主角的獨白訴說婚姻中的處境，以臺灣南部小屋前的微風為象徵，表示內心的安適自在。

課文

一

誰都說，今年夏天臺灣南部特別熱，熱得像處身在火山口的邊緣，然而薇英的感覺卻正相反，她一直覺得身畔老是迴旋著一股不散的涼風，吹進了她的心裡，二十年來，她從沒有這樣輕快、舒適過。她差不多整天都跟女兒筱薇在一起，小屋門前是個小院，一株鳳凰木，枝葉像鷹翅一樣地伸展開來，遮掩住整個的院子。下午，娘兒倆總要搬上兩張椅子，坐在樹蔭下聊天，或者是女兒看書，她在旁邊冥思遐想。綠蔭籠罩著她倆，紗綃似的，夢影似的。她會倏地一驚，以爲自己果眞在作夢，及至目光觸到了旁邊的女兒，她又不禁笑了，笑得這樣輕盈，就像她頭上鳳凰木的微微搖曳的葉子。

她想，這樹長得可眞快，才不過七八年，就像一個豐滿的少女了。如今，筱薇終究也已長大成人，二十三歲啦。她立直身子，比媽媽還要高半個頭呢！娘兒倆在外面走，只要逢到什麼高低不平、狹窄泥濘的路，筱薇總會伸過一隻手來，攙住她，一邊說：「媽，當心，別摔倒！」其實，即使她沒有人扶，也能穩穩過去，她還不至於衰老到這樣。不過，她總依著女兒，讓她扶她，有時，還故意把整個身子靠在她的臂上。

她喜歡有這種安全感，覺得自己畢竟也有一個人可資依靠、可受庇護了。她抬起頭，瞧瞧女兒，此刻她正微俯著頭在專心看書。淡遠的眉，細長的眼，鼻梁窄窄挺挺的，那條直線直往下溜，在鼻端忽然圓圓地彎了起來，使它顯得莊麗而又柔美。嘴巴緊閉，堅毅多於嫵媚，這也許是多年來，她做母親的影響了她。她記得女兒小時，給裹在湖色軟緞的披風裡，模樣兒也挺可愛。她還給她照了相，這是她童年的唯一的照片，因爲以後，縱使她長得更好看了，但卻已不再允許她把錢花在這上面了。那張照片至今還被珍藏著，連同她中學、大學時代的幾張留影以及最近那張戴方帽子的肖像。那最近的一張，是女兒不久以前從師大郵寄給她的。她拆開信封，那照片便滑落在她手裡，背向上，她看見上面寫著兩行字：

願她的努力，能補償

母親的辛勞於萬一。

她把照片翻過來，見是戴著學士帽的女兒。她緊緊地捏著它，怔怔地望著它，然後哭了。哭著，哭著，恍惚覺得手中拿的就是她自己那張師範的畢業證書。她又站在小茅屋裡了，頭碰著那低矮的屋頂，暗黃的霉稻草像纓穗似地垂下來。她淒淒抽泣著，這時，她的身畔突地響起了清脆的小女孩的聲音：「媽媽，妳一回來就哭，妳不喜歡看見筱薇嗎？」她頭一低，瞧到筱薇正站在她的腳邊，她穿著一套舊印花布的短衫褲，兩眼閃動，鼻翅微掀，嘴巴張開。她整個的神情是期待而又恐懼。「不，筱薇是媽的心肝，媽什麼都爲妳，怎麼會不喜歡看見妳？」她彎身去抱她……驀地，身邊那個小女孩消失了，展在眼前的是照片上那個端莊穩重的女學士。在晶瑩的淚光中，她透出一絲笑意，她用力把頭一甩，宛如要抖掉往昔落在她頭上的稻草梗子。

筱薇南下的那天，她曾去車站接她。這孩子一下車，看見媽媽，第一句就說：「媽，以後我們再不會天南天北離得這麼遠了。我可能被分派到這兒的一所中學裡教書，我們每天都能見面。以前，我們離開的日子太多，以後我們要補償一下。」

她抓住女兒的胳臂，說不出話，因爲一開口，她準又會掉淚的，女兒的一片孝心是她所有安慰中的最大安慰。就說這個夏天吧，她拒絕了好幾個朋友的邀遊，寧可陪著她，同她閒談，幫她理家。有時，她疼她，說：「筱薇，那種劈柴起火的事情，妳做不來，放著讓媽來。」但她偏不依，回嘴頂她：「媽，妳不是說妳二十來歲的時候什麼都會做？」她只得依了她，她倆一聊天，就免不了聊到大陸的故鄉。做媽的有時會感慨地說：「我們現在住的小屋子，跟大陸上妳外婆家或妳父親家的大屋子比起來，眞有天壤之別。」她自己的經歷女兒全知道，女兒便會噘起嘴回她：「我不稀罕！那種大房子沒有這房子明亮，住著舒服。媽，那兩座大房子給妳的痛苦還不夠，妳還想它們幹什麼？」

當然，她不再作聲了。女兒說得不錯，那兩座大房子給她的痛苦確是太深、太重了，而且，那種大房子也委實太陰暗、太缺乏光亮了。就像在這種暑天，大房子裡雖然跟樹蔭下一樣涼快，但同樣是涼快，滋味卻有不同。那裡的涼快帶著陰澀、潮濕，這裡的涼快卻是爽朗、乾燥。尤其是自己娘家的那座大房子，終年是灰暗暗、淒慘慘，一副沒落的氣象。她是父母的幼女，沒來得及趕上家業的輝煌時代，一生下來，家就迅速地直向下坡路走，所以她碰到的盡是一些拉長的臉。從十二三歲起，嫂嫂姊姊便把好多事情都推給了她，父親睜一隻眼閉一隻眼，裝作沒看見，母親呢，雖然疼她，但也無能爲力。直到十八九歲，大家這才換了一副面孔，對她笑臉相迎，因爲瘦瘦小小的她，到那時忽然出落得非常嫵媚了。

她想，要她生得平凡庸俗些，或許也不致挨這許多年的苦，但是美原沒有罪，怪的是：即使是一家人，爲什麼也有這麼多的私心？父親哥哥都以爲憑她的娟麗去攀一門富親，該是挽回家運的唯一途徑。她只讀過小學，即使她的兩個哥哥，也只進了一兩年的中學。他們並不重視學問，有錢時，覺得錢是一切；沒錢時，也覺得錢是一切。他們閒在家裡，一天到晚只在錢上動腦筋。他們到處探聽，想爲她覓一個理想的對象，結果終於給探聽到有一家姓沈的，在上海開著幾爿店，正在爲他們還在大學念書的獨子物色一房媳婦，於是，父親便託媒人去說親。親事是巴結上了，因爲照片拿過去，做公婆的看了都中意，至於這裡的家庭狀況，媒婆加醬加醋的，當然扯得離事實很遠了。

她結婚是二十歲，父母打腫臉充胖子，給她辦了一份就他們家境來說不算菲薄的妝奩。那些日子，家裡最熱鬧，人們挺高興，好似她一嫁出去，家裡就會好起來。婚期近了，男的忽然提議到上海完姻，理由是他不願多曠學業。好吧，就到上海去，父母兄嫂陪著她，帶著一些細軟嫁妝，男家的父母也趕到上海。女家滿望男家能夠包個像樣的飯店，一方面作爲禮堂，一方面作爲他們歇腳的地方，好讓自己節省一筆開支。但男家的想法卻不相同，他們要把禮堂和筵席設在自己的店裡，因此，女家也就只得找家旅館來安頓。後來，事情又發生了，新郎主張新娘坐汽車，而她的父親卻堅要她坐花轎。雙方僵持。她偷偷地流著淚，忽然預感到前途的不幸！這裡是沒落的大家庭，那邊是新興的大財主；這裡恪守著舊的傳統，那邊卻在接受著新的文明，兩個截然不同的家庭卻硬結成了親戚。她，一個無用的女子，勢將夾在這兩堵石壁之間。她甚至巴望著這僵持會得繼續下去，終而至於撤銷這門親事。

然而這種僵持持續到結婚的前日，就像春雪似的融化了。父親剛想收回己見，男的竟也同意了他的要求。下午，花轎「啊哩，啊哩，澎！」地吹打過來，一切又如豔陽天那樣美好了。她戴著胸花、手錶、手鐲、戒指、耳環，穿看繡花的大紅軟緞禮服，頭上蒙著一方紅綢，手中握著捧花。父親一再地叮嚀她：「薇英，爹給妳結上這門親可不容易，離開了爹娘，可別忘記爹娘。妳在那裡，事事都要爲家裡著想，家裡的情形妳當然瞭如指掌的呀！」母親也哭哭啼啼地說著這些話。嫂嫂扶著她上轎，還在她腳下放了一隻燃著芸香的銅爐。花轎門給關上了。她猝然哭了起來，花轎的外表五光十色、晶瑩燦爛，但裡面卻是黑黝黝的。她的命運會不會跟它一樣，隱藏在美麗下面的是一片黯淡？美麗是給人家看的，黯淡卻是自己身受的。他們要她事事爲他們著想，可是又有誰爲她著想？

樂器吹打著，爆竹乒乓地燃放著，她的低低的哭聲自然沒有人聽得見。花轎抬起來了，搖搖晃晃的，芸香也一陣陣地冒上來，醉醺醺的。她不是沒有坐過便轎，但坐便轎跟坐花轎是兩回事，坐在便轎裡，她是便轎的主人；但坐在花轎裡，花轎卻是她的主人了。她一切得遷就它，她不能說一句話，她不能把屁股移一下，母親關照她：移一下，就得嫁一次。但越不准移動，心裡就越想移動，好像這樣坐著，總不對勁兒，她硬忍著，忍得混身都痠麻麻的。她試看透過紅綢和玻璃看看轎外，但什麼都看不到，她只能看到自己的手：戴著手套，佩著戒指、手鐲和手錶。這不是她素常的手，一切都是陌生的，她正被抬往一個陌生的世界，那裡的生活是好是壞，她已完全交託給花轎了。穿過一條馬路，又是一條馬路，好長的路！覆在頭上的紅綢，抖抖地擦著臉，好癢……啊，眞的好癢，她抬起手，往臉上一摸，捉到幾片鳳凰木上落下來的細葉子。

二

她把葉子放在手心上，擺弄著，那細葉子就像西瓜子大小。她記起來，她做新娘那天，坐在新房裡，硃紅泥金的格子果盤擺在她椅旁的梳妝檯上。女賓和小孩都吃著，要她嘗一點，她婉卻了，一方面是怕羞，一方面也委實吃不下。但她們一定不依，她拗不過，抓了一撮醬油瓜子，抿看嘴，慢慢地嗑瓜子，這是女人消磨時間的最好方法。嫂嫂姊姊們老把歪曲的、小小的瓜子留下來給她，但她有一口整齊無縫的牙齒，只要把瓜子送進去，核肉就會完整地、筆挺地脫穎而出，可愛得就像她那細小的牙齒。那天，來賓們交口稱讚新娘的漂亮，待賓客散盡，她丈夫偉博就回到房間裡，對她細加端詳。也就在那時，她看清楚了他，他身材頎長，前額高闊，宛如紅木床上的床楣，但他的臉卻是清瘦的，尤其是下頷，尖巴巴地，這應該是個美女的下頷，但配在他的大前額下卻並不出色。他尖利、機敏、能幹，這些都顯明地現露在他的臉上，跟浮在鏡面上的光一樣清晰。她在心裡祈禱，最好她的美能夠贏得他的愛，她也明知這種專重美色的男人並不好，但對她，這或許還是好事。然而，他卻調轉身子，燃起一支菸，說：「我不會說妳漂亮的，人家說得太多，太過分了。讓我聽來，好像是說我這張臉配不上妳。」他竟是這樣地自私和善妒，她差點掉下淚來。她閉緊嘴，望著那對熊熊地燃燒著的龍鳳燭，紅色的淚一點一點地往下滴，滾燙地落在她的心窩裡，但她卻硬忍住了。她想，在以後的生活中，她是免不掉要忍的，幸而在娘家，她已經忍慣了。她得依順他，伺候他，並且設法去愛他，無論如何，她得把他當作一切。目前新式的女子可能不會有這種想法，但她既沒讀過幾年書，又沒有偌大的勇氣。她從舊家庭裡出來，舊式女子的命運還緊縛在她的身上，即使要掙脫，怕也沒有這份力量。

三天回門，偉博換上了西裝，她也穿上了最時式的旗袍，兩口子坐上汽車，嘟嘟嘟地掠過馬路，繁華的上海盡在眼前。偉博忽然摟住她的腰，說：「薇英，上海好，妳還是住在這裡。滿月後，爸媽都回鄉下去，那時我代妳求情。」她低著頭，臉一直紅到耳根，是喜？是羞？她想，他終究愛她了。結婚那天全是她在胡思亂想，她的路像馬路一樣，寬闊的兩旁是多采多姿的。她輕輕地說：「謝謝你。」

剛說完，車便停在她父母所住的那家旅館門前了。她被扶下車來，一臉喜氣，以前那不快的陰影全部消失了。他們從樓梯口走上去，到房間裡向父母行了大禮。坐不多久，母親就拉著她往裡室走，低而急地問她：

「薇英，妳覺得他到底怎樣？待妳好不好？」

她那時心中只存留著剛才的情景，便說：「好，很好。」她母親說：「謝天謝地。妳爹硬把妳嫁到他家去，當然是爲了他們有錢，但是如果眞的爲這而苦了妳，那就太划不來了。妳是娘生的，娘也是女人，明白這不是三兩天的事情，這是一輩子的事情。」

她只是微笑。

「這樣我就放心了。這裡花費太大，明後天我們就要回家去。妳那邊怎樣打算？」

她把剛才偉傳所說的話告訴了母親。「我不表示什麼意見，跟公婆回鄉下去住也好。」

「對，這樣好。不過看來，妳十九是住在上海了。他是獨子，父母總得讓他一著。薇英，說起來我倒忘了，妳爹剛才還在跟我說，他家幾爿店裡的經理，都是他們的一些遠房親戚，以後妳有機會，總得給妳的兩個哥哥想想辦法。」

「媽，這恐怕……」

「不要急，慢慢來，以後日子久了，兩夫妻有什麼話不好說的。妳不要老記住妳哥哥的不是，自己人，事情過了也就算了。」

回到外房，哥哥嫂嫂已到外面去，父親跟偉博正談得起勁。父親是個胖子，說得高興時，總要點頭擺腦的。偉博的腰、背、頭頸都挺得筆直，跟他坐的椅子的靠背一樣僵直。她最初看到他這副樣子時，心裡便替他感到吃力，後來看久了，倒也慣了。那時，他們正談到上海幾爿店裡的情況。她只聽見父親說：

「嘿，有你這樣能幹的小東家去時常督察照料，還怕這些店不會興隆起來？」

「哪裡，我只是有空去走走，什麼也不懂。聽來，爸爸倒是對這些很在行的！」

「唉，老了，懂也沒有什麼用了，倒是薇英的兩個哥哥對這很有一些經驗。」

父親弓看背，伸看頸，像在等候偉博把話接下去，但偉博卻端起面前的茶喝了。父親這才看見她進來了，忙又說：

「小女一向在老妻膝下，什麼事都不懂，一切還要令尊令堂和你包涵些。」

「爸爸，現在時代不同了，只要兩口子能夠互相了解，互相愛戀，什麼都不要緊，談不上什麼包涵不包涵了。」

父親又碰了一個軟釘子，老年一代的思想已經不再適合年輕的一代，父親終於不再作聲了。

回去是傍晚，在車中，偉博只是衝著她笑。她問他：「你笑什麼？」他不答，依然笑。「是不是我的頭髮亂了？還是我的臉上有汙點？」他搖搖頭，仍舊笑個不停。他的微笑像根抖動的絲帶，擦得她混身不自在。她急了，說：「你怎麼啦？老是笑我？你不告訴我什麼地方不對勁，難道還要叫別人來笑我？」

「不是笑妳，笑妳爸爸。」他說。

「他說話的樣子很滑稽，是不是？」

「不是。他眞有兩下，我以前不知道，我佩服他。」他的笑容收斂了。她突然感到他還是笑的好，不笑，他的面孔就平板得像他西服的前襟，彷彿臉皮後面也給襯上了硬繃繃的東西。這樣，他們一直到達住所，誰都沒有說過一句話。

她是預備住在上海的，預備學習在這個時代、這個環境中所要學的一切，如穿高跟鞋、吃西菜、跟年輕的朋友見面或分別時的握手等。凡是他喜歡的，她都願學，使她也像一個新派的女子，配得上他；使她又像一個舊式的女人，能服侍他。她想得太好了，但快滿月時，他卻對她說：

「妳還是跟我爸媽回去的好，我考慮過了，妳留在這裡或者不留在這裡，都是一樣。我請妳兩個哥哥到上海來幫忙就是了。」他又笑了，像那天車中的笑。這笑使她恐怖，使她戰慄，她說：

「你這是什麼意思？」

「我的意思很好，妳家裡要妳嫁給我，無非是想要我給妳兩個哥哥安插位子；我家裡要叫我娶妳，也無非是想有個美麗的媳婦。這樣不是兩全其美了？」他又笑了，這麼尖銳，這麼激動，這一次，它像一條鋼鞭似的抽著她。她眼前一黑，坐倒在椅子上，覺得自己直在往下沉，而推倒她的，卻正是她最親愛的人。

她跟公婆回到鄉下，住在一座大房子裡。那房子雖不像自家的凋落破舊，但兩進房子只住了四五個人，這就覺得連自己的影子也是可愛的了，不幸的是，在那陽光照不到的大房子裡，連自己的影子也很少碰到。她常獨個兒坐在那裡，浸在一片灰撲撲的孤寂中，或者去公婆那邊，聽婆婆嘮叨，替公公裝水菸，呼嚕嚕——噗！火亮了，又熄了。希望的火是這麼短暫，一個連一個，留下的則是滿地希望的殘渣。她抖了一下，捻緊菸絲，小心地把它裝到小孔裡去，像把自己的心塞了進去。她吹燃紙捻，公公彎過頭把嘴湊在菸嘴邊，卻沒馬上吸，看了她一會，說：

「薇英，這裡住得好，吃得好，穿得好，不要妳操心勞力，就是來我家裡的傭人，也只要待上幾個月就發胖了，怎麼妳反瘦了？」

她沒言語。婆婆接了下去。「妳在這裡不稱心吧，公婆是外人，不及自己的爹娘好！」婆婆有時尖起來像鑽子，丈夫的尖就有些像他母親。她連忙否認，但委屈的眼淚已經奪眶而出，婆婆更是趁機進襲：

「我又沒說妳什麼，妳就哭了，讓外人看來，還以爲我做婆婆的在欺負妳呢！」她沒給她道歉賠罪的時間，就氣沖沖地推開椅子站了起來，走了出去，小腳踩在弄堂的石板上，像用木鎚在敲打：咚！咚！咚！婆婆之不讓她親近她，就像丈夫之不讓她了解他一樣。當時，她穿的是月白色的府綢旗袍，一手捧著水菸壺，一手揑著紙捻，彎著腰站著：蒼白、纖長、僵呆，就像白銅水菸壺的那根彎彎的長頸子。

她的生活越來越乏味了，她希望丈夫回來，丈夫總是丈夫，但他只能在假期回來，而且像客人一樣，住不多久就走了。有時想回娘家去住，可是回頭一想，自己畢竟已經出嫁了，何況那邊的境況並不好。第二年丈夫大學畢了業，她著實高興了一陣子。丈夫回來了，還邀來了幾個男朋友以及他們的愛人，四五個男女一鬨進屋子，整個的屋子就充滿了笑聲和鬧聲。她羨慕兩個跟她年齡相若的女人，她們打扮得跟外國女郎一樣，跟幾個男的一同去打球、爬山、划船，甚至有時還去游泳。她們大吃大喝，高聲談笑，跟男人一樣爽朗，她的丈夫很稱讚她們。後來有一次，他們要去野宴，她也想參加，她穿戴得整整齊齊，夾在他們的中間忙著。那兩個女的便邀請她，她正想答應，不料丈夫在旁邊說：

「她不會這一套，也不愛這一套。」啊，這麼兩句婉轉輕鬆的話語，就毀滅了她的希望。晚上，臨睡時，她禁不住問他：

「偉博，你喜歡別人作各種運動，為什麼獨獨不喜歡我去？你待朋友都好，為什麼獨獨待我不好？」

「妳配跟她們比？」他翹起的尖尖下巴，就像一柄鋒利的斧頭。「她們都讀過很多書，妳斗大的字認識幾擔？」他把下巴放下，斧口正砍在她的心上。

沒有哭，她只問著自己：為什麼她不多念幾年書？為什麼她的家庭在前進的潮流中還拼命地攀附著腐朽的木樁？為什麼偉博不在婚前提出這一點，而在婚後卻這樣無情地傷害她而不同情她？這是一個錯誤的婚姻，錯誤得好像把石子當作雞蛋放到鍋子裡去煮。他不會愛她的，因為他根本不想愛她。

這一氣，害她生了兩三天的病。就在這期間，那班快快樂樂的客人走了，她的丈夫也走了，她好像在病中作了一場惡夢，醒來時，依然是空寂的房間，空寂的大屋子，婆婆的疾言厲色以及公公的白銅水菸壺！

這座大房子更陰暗、更冷靜了，連屋旁樹葉的颯颯聲也成了歎息。

三

她也輕喟著……從輕喟中回到現實。此刻，微風正在輕拂，但這不是哀怨的歎息，而是歡樂的低語，它溜過鳳凰木的葉間，葉子都高興得翩然起舞。她略微覺得有些口渴，彎身拿起放在地上的一杯冷紅茶汁，細細啜著。赭紅色的液體在白玻璃杯中蕩漾，濃郁郁的，像一杯糖酒。她不會喝酒，只有在筱薇出生的一個月中，她喝酒喝得最多。黃酒裡加入了紅糖，大半碗一次，大半碗一次，一天喝上三四次，簡直把酒當作了茶。說也奇怪，當時喝起來竟然並不難受，喝下後，昏沉沉，熱烘烘，蒙著頭睡上一大覺，醒來時混身舒服，側過臉就可看見嬰孩那紅噴噴的小臉像一朵嬌麗的玫瑰花。那時候，她的心情很快樂，這孩子帶給她以無窮的希望，好像自己幽暗的前途突趨光明。她滿以爲這個嬌麗的小女兒能夠扭轉夫妻間的感情，只要丈夫愛她的女兒，就可能也愛她。既使他只愛她的女兒，她也不會像以前那樣難受，因爲女兒的身上有著她自己的血肉。她生筱薇是二十四歲，彌月後，她就給裹在湖色軟緞披風裡的女兒照了一個相，並且寄了一張給她的丈夫。她等待著，幻想著：幻想著他回信中的喜悅和頌讚。幻想像一幅幅壁畫，把四周都裝飾得富麗輝煌了。

但回信來得太遲，遲得已經把等待化作煎熬，把幻想撕成碎片了。一張白信紙，上面寫著幾行大字：「來信和照片都已收到。我高興妳生了一個女兒，爸給她起名筱薇，我當然沒有意見。」淡淡的墨水，漠漠的感情，白信紙變成了一張冷面孔，她轉臉看看女兒，睡夢中笑得很甜，她卻一陣心酸，把一點淚滴在無辜的小臉上。他不愛她，她倒還可以忍受，可是她不能忍受他不愛他自己的女兒！

盛夏時節，他像往年一樣回到家來。住了幾天，他抱起女兒，說：「到外婆家去。」這是他第一次自動提議到她娘家去，她覺得一切畢竟好轉了。她是一個容易滿足的女人，只要他能略施小惠，她就會感激涕零。她不是一個自私的女人，只要他能稍微愛她一點！她就能爲他犧牲一切。他們坐著轎子去。十幾里的路程不算遠，然而由於多方面的顧慮，近幾年來，她一共只去過十來次；尤其是一年前，老母的亡故更減少了她歸寧的興致。

那天，天氣特別熱，到達娘家已近中午。大塊頭父親較怕熱，坐在堂屋裡，穿著白短褲，赤著膊，雖然不斷打著扇，白白胖胖的身上還不斷流著汗，就像見了陽光的雪人淌著雪水。兩個哥哥在面對面地弈棋，看到他們進來，只抬起頭來淡淡地招呼一下，這是因為她的丈夫始終沒有為他們著想，他們以前的計畫全成泡影，眞是合上了「賠了夫人又折兵」的那句話。兩個嫂嫂一聽見聲音便從廚房裡奔出來，尖聲地嚷：「啊呀，小姑姑，這麼久不來啦。貴人多忘事，忘了我們兩個窮嫂嫂啦。」說著，一個搭上她的肩，一個從她手裡把筱薇接過去。表面是親熱，骨子裡卻是妒忌、譏刺。她們還以為她在過著天堂般的生活呢！然後，她們又對她的丈夫說：

「小姑丈，請坐哪，我們家比不得你們家，邋邋遢遢的，孩子多哪。」

說聲孩子多，一群孩子，大房的三個，二房的兩個，不知從什麼地方鑽了出來。最大的十來歲，最小的兩三歲，一律穿短褲沒穿上衣，活像一班嘍囉。他們嘰嘰喳喳的，吵鬧得像麻雀，蹦蹦跳跳的，頑皮得又像猴子。他們的母親粗著聲音，瞪著眼睛，這才把他們趕了出去。這時，她和偉博才開始坐下來。

他們拉拉雜雜地談著，談著，飯菜端上來了，一共兩桌，大人一桌，孩子一桌。嫂嫂預先聲明，因為沒來得及準備，所以只好粗菜淡飯招持客人了。大人的桌上多了一瓶楊梅燒酒、一碗翅魚羹、兩盆下酒菜：肉鬆和皮蛋。父親喝了酒，話更多了，上了年紀的人就是這麼悖時，開頭說到偉博從上海回來，不知怎樣一轉，竟又扯到那幾爿店上去了。她微微蹙了一下眉，她不知關照過父親多少次，請他不要再向偉博提起這種事，以免雙方鬧得不愉快。但酒卻把一切的思慮都蒸發了，溵下來的，只是那個牢記在心頭的意念。

偉博喝了一口酒，舀了一匙翅魚羹到嘴裡，滿口黏糊糊的，他對這本來不願置答，現在當然更可藉此來延長回話的時間了：翅魚羹始終留在口中沒嚥下去。大嫂說：「怎麼，有刺？」他搖搖頭，這才咕嚕一聲滑下喉嚨去，然後轉臉向她父親說：

「近來，這幾爿店比不得以前了。我雖然在上海，但自己事情忙，也很少去看，所以也不知道詳細的情形怎樣。」

她父親把酒杯一頓，嚴重地說：「哎，原來這樣，不去點督點督，賺錢當然少了。那些人……唉，不是我說，如果店鋪不交至親來照管，遲早……」

她又蹙了一下眉，偉博又吃了一口翅魚羹。他低著頭，要答不答，要笑不笑，那副模樣的確叫人討厭。坐在他對面的大哥看在眼裡，心裡當然老大的不痛快，便悶悶地用骨筷去夾皮蛋。骨筷碰上皮蛋，二者都滑，所以夾了許久還是夾不起來。他狠狠地把筷子一放，說：

「嘿，當我什麼人，連這忘八蛋也要欺侮我！」一桌人全向他望去，但他卻也著眼，看看別處，絃外之音，誰都聽得出來。偉博的臉孔泛白，他向來不肯讓人，冷冷地說：

「大哥，有話明說，何必指桑罵槐的？」

「怎麼？難道我在自己家裡罵不得？你到底是什麼皇親國戚，這麼欺人？」他站起來。

「我倒要問你憑什麼欺人？」偉博也站起來了。

剎那間，飯桌上劍拔弩張，瀰漫著戰鬥的氣息。她左右爲難，一邊是哥哥，一邊是丈夫，兩個都不好惹，想了想，還是勸丈夫。她用手拉他，他甩開了她。她說：

「偉博，不要這樣，他是大哥，讓他一句。」

「讓他一句有什麼用？只有我把一爿店讓給他，他就肯讓我十句！」

這一下刺中了對方的心，他跳出凳外。「沈偉博，你不要拿幾爿芝麻綠豆店來臭美，我楊某也看得多了。待你好，還不是抬舉你？」

兩方於是大吵大鬧起來，勸的人雖然比吵的人多，可是依然沒有用，偉博更是有意把範圍擴大，最後竟牽涉到妻子的身上，說他們一家連成一氣，對付他一個人。他怒沖沖地戴上草帽，獨自上路了。

她呆呆地站著，不知自己該不該跟上去，跟上去，怕得罪哥嫂；不跟上去，又怕得罪了丈夫。算了吧，住一夜再走，娘家這條路總也不能輕易斬斷。

不料，第二天一早，丈夫就派人送來了一封信，他開門見山地向她提出離婚，說：女兒歸她，妝奩退還，再給她一筆贍養費。這像是一場迂迴戰，她一點也不知道自己竟成了敵人攻擊的主要目標。她就是這麼可憐，被人利用，被人擺布，像一架秋千，任人推盪。如果自己眞有一個堪資掩護的家，離了婚，也就算了，而這個家哪容得她插足？即使硬擠進去，但她前面的日子卻還長著哪。縱使她能忍受這種日子，但她怎能忍心讓她的女兒也去忍受這種日子？她自己的一生毀了也就算了，她可不能連帶毀了女兒！

她站著，覺得自己站在一片荒野上，那裡沒有一座屋，沒有一株樹，沒有一塊光滑的巨石，也沒有一處平坦的土地。滿地都是荊棘夾著亂石，她要歇一下或者靠一下，都不可能。假使她要離開這片荒野，唯一的辦法就只有她自己挺身前進。

她站著，慢慢地挺直身子。這多年來，她太軟弱了，只知道依從、忍受，像乞丐一樣在人家的憐憫下討生活，躲在高牆的陰影下歎息。她以爲軟弱能夠贏得同情，但現在她才知道要贏得人家的同情，除非自己先堅強起來。

她站著，在這大房子的天井裡，四周是她的那些竊竊私議的兄嫂。她用從未有過的勇氣昂起頭，大聲說：

「好，煩你傳話給偉博，我完全接受他的提議。」

她說完，丟下面現驚異的人們，邁開大步子穿過天井，回到房間裡，抱起女兒。只一會，就聽見窗口外一片談話聲，是哥嫂們故意趕到那裡說給她聽的。

大嫂說：「啊唷，你們兄弟倆一定得在公公面前替我說說話，多一個人吃飯，每月就要增加開支，這個家，我實在當不下去。」

二哥說：「大嫂說得對，哪裡還添得起一個人吃閒飯！現在每月的開支也還是東挪西湊的呢！」

二嫂說：「你倒說得好聽，單吃閒飯也罷了，我們還得好好地供養她，人家在那裡是享福慣了的。」

大哥說：「要想享福就回去，嫁出去的女兒本來就是潑出去的水。我從來沒有聽說過，男的要休掉女的，女的連哭也不哭一聲就答應下來。她要面子，就回去當場死給他看！」

她早知道，早知道他們會這樣的呵。她咬緊牙齒，把昨天帶來的一些衣物收進小包袱裡。哥嫂們都走了，不一會，她就聽見父親在大聲地叫喚她。她一手抱著女兒，一手拿著包袱，走到那裡去。

父親的臉在狂怒時也不嚴峻，只是哥嫂們圍著他，把他烘托成一家之主罷了。他說：

「薇英，妳眞入了魔，妳怎麼輕易就答應跟偉博離婚？不要說他沒打妳、罵妳，就是打妳、罵妳，做女的也只好忍，不能離婚。我楊家是書香門第，容不了離婚的女人，即使我們能容，但妳年紀還輕，也不是長久之計。況且，近來家裡的情況，妳也不是不明白。」

她突然走到父親面前，跪了下來。「爸，沈家不要我，我也沒有辦法。我也不想吃娘家的飯。如果家裡的人對我還有一點情誼，就讓我住過這幾天，否則，我現在就走。」說完，她站起身來。大家都愣住了，好像看到一個紙紮的人竟走起路來。父親下不了台，拍看桌子，嚷：

「走，走！我不要妳這個傷風敗俗的女兒！」

她就這樣地走了出來——走出了一切親友之間……

四

她安適地坐在鳳凰木下，旁邊是業已成長的女兒。如今她四十六，那時她是二十四，比筱薇現在大一歲。筱薇今年已經大學畢業，而二十四歲時的她，還正以初中畢業的同等學歷投考師範呢。軟弱的女人一堅強起來，是誰都會驚訝的，連她自己。辦妥了離婚手續之後，她便在離家很遠的一個熟識的農家那裡租了一間草屋住下來，以有限的時日準備應考的課程。以後的日子長著哪，她如不自食其力，無異是在走絕路！她就燈夜讀，豆油燈光幽暗、昏黃，朦朧中彷彿是亮在天邊的一顆大星星，又彷彿是女兒的眼睛。她驚覺過來。她不像別人，她去讀書是只許成功，不許失敗的啊！

師範的秋季第二次新生入學考試中有她，錄取新生的榜示上也有她的名字。她把女兒寄養在農家，啓程上學。農婦抱著筱薇，倚著柴扉向她道別。她走了幾步，聽見女兒在啼哭，這幾個月大的娃娃已經能認得出母親，依戀母親了。她回過頭來，說：「小寶乖，媽離開妳，爲的是妳。」她往前走，女兒哭得更響了。她不敢回頭，她現在是在荒野上行走，她不能畏縮，不能猶豫，她只有筆直走下去。她屏住呼吸；一直往前鑽……。

在學校裡，除體育外，她什麼功課都好。她很少跟一班年輕的女同學在一起，她空下來，總喜歡獨自坐著思念女兒，或者拿著一隻鉛筆、一張紙，給記憶中的女兒描繪肖像，一個連一個，畫不完，就如那心中的想念之絲，一根連一根，抽不盡。有時，她白天想久了，晚上就作夢，嚷呀，哭呀；大家都說她有些神經質，她也沒加否認。

學校離女兒寄養的地方很遠，她幾個月都沒回去一次。她的想念越來越深，連上課有時都想到女兒，書頁上都是女兒的影子，課室裡滿是女兒的哭聲，那個訓導主任兼教歷史的吳老師在講台上叫她：楊薇英！她沒有聽到；楊薇英！她還是沒有聽到。楊薇英！楊薇英！他在講台上猛地一拍，她這才驚醒過來。

「站起來，楊薇英！」那個吳老師年紀約莫三十五六歲，方方正正的臉，濃眉毛，大眼睛，天生一副凜然的模樣。說話響亮、肯切，每個字咬得清清楚楚，斬釘截鐵，沒有迴盪的尾音。「妳上課不專心——請出去！」

「我……」她站起來，滿臉通紅，訥訥著。

「請出去，下課到訓導處來。」沒有還價，她穿越兩排課桌之間的狹走道走向門口去。她覺得那走道越來越仄，擠不過去——前面一定沒有路了，她自己把希望毀了。

下課後，她跟著吳老師走到訓導處。吳老師在辦公桌後面的椅上坐下，說：

「楊薇英，妳最近上課老是心不在焉，爲什麼？」

「想……！」

「想什麼？妳知道，上課不能一心二用！」

「想——女兒，」她把話衝了出去，用力得像拋出一塊她拋不動的鐵餅。

「女兒？說清楚些！」

她想了一會。「我是一個結過婚又離了婚的女人，家裡的人都不原諒我，我不得已把女兒寄養在別人家裡，自己來這裡讀書。」

「還有呢？」

「就是這麼一回事，我女兒還沒滿一歲，我想念她。」

他撫弄了一會紅墨水瓶。「楊薇英，」他說。「你很堅強，我希望妳好好讀下去。現在，妳去吧！」

此後，她聽講的確比以前專心多了。吳老師對她也很具好感，並且還常叫她去談話，跟她說，她有什麼困難的地方儘可以問他。她慢慢發覺他本性並不嚴苛，有時還很和藹。他的感情也如他方方正正的臉孔，平平穩穩，不必擔心它會失掉平衡。他們隔著一張桌子坐著，他的話語依然是斬釘截鐵，濺在桌面上彷彿會鏗鏘作聲，落在她的心上，成了一根金屬的柱子，支撐著她的努力。

三年的學校生活簡直比四年的結婚生活還要長，有時她眞以爲這日子過不完，她將永遠跟女兒生活在兩個不同的地方。有時，她又會擔心女兒會不再愛她。這樣想時，她幾乎想放棄一切，回去抱女兒。但每當自己有這種念頭時，她便去吳老師那裡向他訴說，聽他安慰她：三年是會過去的，雖然不短，也不會太長。她又靜下心來，日子流過去了……流過去了。女兒從嬰孩變成四歲的小女孩，她也終於畢了業。

那天，她到吳老師那裡去道別。他似乎知道她要來，還例外地買了幾色糖果。他說：「恭喜妳，妳終於等到這一天了。」她笑笑。他又說：「出了學校，不要忘了學校和老師呀。」

她說：「忘不掉的，尤其是你吳老師，我永生感激你。」

他並不在這話題上接下去。只問：「妳的出路大約沒有什麼困難吧？」

「沒有困難！吳老師。去年冬天，我遇到鄰村一個小學的校長，那邊師資缺乏，他要我畢業後到他那裡去。」

「很好。如果妳有困難，可以寫信給我，我會替妳設法——當然，如果妳自己想好了辦法，也請寫信告訴我。」

他們說了幾句，她便起身告辭。他像往日一樣，並沒站起來送她。她走到門口，他喊住她：「楊薇英！」

「什麼，吳老師？」

「呃，沒什麼，願妳保重。再見！」

她帶了行李，僱船回到女兒那裡。推開柴扉，農婦和女兒都不在家。她打開箱子，把那張文憑拿出來，想到三年中女兒和她所受的痛苦，她不禁淒然淚下。低矮的屋頂壓著她的頭頂，霉黃的稻草一綹一綹地垂下來，晃動得像花轎四邊的五色流蘇。這三個年頭還只不過是她生活的一個開始！她哭著，哭著，身畔忽然有女兒說話的聲音，她彎身把她抱了起來。

她在鄉村的小學校裡做了教師，過著一種自由自在的生活。一天下午，她正在自己的房間裡教女兒認字，突然，門外響起了一陣輕輕的叩門聲，她以爲是學生，說：「進來。」門開了，一個人走進來，她驚喜地喚：「啊！是吳老師！」

吳老師穿的依然是那套灰色中山裝，依然是那副表情，他從從容容地坐下，彷彿他依然坐落在他自己辦公桌後面的那張椅子上。「楊薇英，妳在這裡很好吧。」

「是。」

「她就是妳日夜想念的女兒？」他想把筱薇拉到他的身邊，但筱薇卻掙脫他，逃回媽媽的身畔。他沒有再作第二次嘗試，只說：「她很美，像妳。」

她不知怎麼回答，他從來沒有說過這種話，她忙著沏了一杯茶。「不忙，薇英。」他說，他的聲音還是有力而清楚。「我自己知道，我來得太突然。我想問妳一件事，自妳走後，我就覺得這事不向妳問清楚，是挺愚蠢的。」

她不知道他要問什麼事，不由得慌張起來。「吳老師，寫信問我好了。」

「我不喜歡寫信談這種事，我這人喜歡乾脆、利落，當面解決。妳不要著急，我不會爲難妳的。我只想知道，在以後漫長的人生路上，妳是否會感到寂寞？妳是否願意跟一個眞正愛你的人攜手前進？」

她沉吟了一會。「我謝謝那個人。或許我會感到孤獨，但這是片刻的，因爲我有一個女兒。我已經試著走過了最艱難的一段，我想獨自走下去。」

「很好，妳很堅強。我高興聽到妳這個肯定的回答。」他的語聲依然平靜，他的感情是內斂的。「我記得妳以前的日記中有過一句話，妳說，妳彷彿是處身在一片無人的荒野上。現在我知道，妳是有足夠的堅強穿過它的。當然，如果妳需要我幫忙，仍可以去找我。祝妳健康！快樂！」他向她告辭，她送他到校門口，他們依然像師生那樣分了手。灰色的身影在田野間越移越遠。她知道她傷了他的心，但她沒有辦法，而且，她知道她怕永遠不會再去看他。她抱起身邊的女兒，含著淚，狠命狠命地吻著她。

她想，這一決定離現在也有十九年了，從那時起，她一直沒有離開過崗位，雖然也曾換過好幾個學校，且從大陸遷到了臺灣。

她放下茶杯，打椅上慢慢站起，對女兒說：「筱薇，時候不早了，進屋去吧。」

這個用功的孩子丟下書本，走近母親。「媽，眞對不起，一下午我都在看書，冷落了妳，現在我扶妳進去。」她伸手挽住她，她故意把整個身子依在她的胳臂上。

她感到她的身畔迴旋著一股不散的涼風。

問題與思考

1. 本篇小說表現了哪些與女性相關的議題，請提出並討論。
2. 請指出本篇小說中的重要人物，並分析、討論其形象。

〈我的妝鏡是一隻弓背的貓〉

蓉子

作者

蓉子（一九二八—），原名王蓉芷，江蘇省吳縣人。一九五〇年至一九五二年間在《自立晚報》「新詩週刊」以及紀弦主編的《現代詩》上發表作品，開始她漫長的寫作生涯。一九五三年出版了第一本詩集《青鳥集》，是臺灣戰後第一本女詩人詩集。一九五五年和詩人羅門結婚，後加入藍星詩社並參與編務。她的作品題材多樣，凡哲思、親情、旅遊、詠物、大自然、女性形象、社會現實等，都能入詩。在詩壇耕耘多年，余光中譽為「詩壇開最久的菊花」。

課文

我的妝鏡是一隻弓背的貓

不住地變換它底眼瞳
致令我的形像變異如水流

一隻弓背的貓　一隻無語的貓
一隻寂寞的貓　我底妝鏡
圓睜驚異的眼是一鏡不醒的夢
波動在其間的是
時間？是光輝？是憂愁？

我的妝鏡是一隻命運的貓
如限制的臉容　鎖我的豐美於
它底單調　我的靜淑
於它底粗糙　步態遂倦慵了
慵困如長夏

捨棄它有韻律的步履　在此困居
我的妝鏡是一隻蹲居的貓
我的貓是一迷離的夢　無光無影
也從未正確的反映我形像

問題與思考

1. 請同學試著詮釋本詩中的重要意象如：「妝鏡」與「貓」等。
2. 請試著和同學分享你如何解讀本詩。並思考傳統社會對於女性有何種要求？社會發展迄今這些要求是否仍然存在？和同學們一起討論。

〈汝身〉

周芬伶

作者

周芬伶，臺灣屏東潮州鎮人，政大中文系畢、東海中文研究所碩士，現任東海大學中文系教授。她的創作多樣，有散文、小說、少年小說、口述歷史與文學論著。曾成立「十三月戲劇場」，擔任舞台總監。早期作品風格清新純美，《熱夜》之後展現女性自覺。她的寫作與自身貼合，以寫作構築出一心靈角落。長輩、親人、朋友都是她創作取材的對象，尤其是寫大小祖母、母親、姊妹、弟弟，幾乎成為周芬伶作品之中的典型。〈汝身〉收錄於《世界是薔薇的》一書之中，表達必需接受、了解自己身體的理念。作品有散文集《絕美》、《熱夜》、《雜種》、《汝色》等，小說有《妹妹向左轉》、《世界是薔薇的》、《影子情人》、《粉紅樓窗》等。

課文

她的肉身疊合無數人身，她們在她體內唱歌。
她經歷了水晶日、水仙日、火蓮日、苦楝日終於完成了女身。

水晶日

從小她對身體與觸覺特別靈敏，生長在亞熱帶的孩子，終年承受高溫蒸燻和火辣陽光烤射，使她的身體像海蚌一樣柔軟敏感，受到沙粒雜質刺激便緊張蠕動，只為形成珍珠般的鑑照。而熱帶植物和狂風暴雨所引發的瘋狂猙獰想像，使她的觸覺超越了視覺和聽覺，觸摸於她如呼吸，是連結世界的美好方法。

孩子們愛與水有關的一切事物：貝殼、帆船、捕魚網、釣竿和水手帽。他們脫光上身在河流中泳動自己發明的姿勢，水中沉浮著如甘蔗皮般的黑皮膚和如甘蔗肉般的白皮膚。有時他們涉水游過浮有布袋蓮的溪流，一面拔扯花朵與莖葉，一面探測河水的深度；有時他們在海濱戲水，與捲遠捲近的海潮瘋狂地追逐。孩子的肉身令人想起有著清涼的風，競放的幸運草和有風箏飛翔的草原。肉身即是玩具或是遊戲的主體，他們需要不時推拉塞擠，時而匍伏在樹叢裡，時而攀爬到樹上，在這冒險的過程裡，流血和流淚是經常發生的細節，但要不了五分鐘，他們的身體又像初生的小口獸，急著要奔跑追逐。

當然他們也知道自己身體的脆弱，只要掉一顆牙就能使他們恐懼得不敢起床，而眞正的病痛來到時，又不時嚷著：「我要出去，我要出去。」當他們聽到同齡的的小孩病死或溺死時，臉色蒼白，惡夢不斷，彷彿替那個同伴死一回，尖銳地感受到肉身的痛苦和死亡的恐懼，可是藏在衣服底下有呼吸有血流的肉身，渴望著被保護，但又渴望著冒險。

她永遠記得小學時穿著的那件緊束腰腹與大腿的黑色燈籠短褲，平時被隱匿在短裙下，上體育課時就得暴露在眾目睽睽之下。大多數的女孩習以爲常，但她卻感到如赤身露體般的恥辱，她總是蜷縮在偏僻的一角，打躲避球時常常在操場上大哭起來。

大多數的時刻，她覺得身體是愉悅自由的，整個夏天她穿著圓領無袖的白色棉布衣裙，是內衣也是外出服，因爲不斷搓洗變成牙白色而特別柔軟，像被一團雲彩溫柔地包圍。她喜歡騎腳踏車，小小的短裙飛揚著露出黑色的燈籠褲，鬆緊帶在她的腰間與大腿勒出般紅色的勒痕，騎車時感到些微疼痛，可是那並不妨礙她的愉悅與自由。當車飄飄前行時，她覺得世界很實在又很縹緲，風中有種纏綿的溫度，她全身的肌膚就像白色的草原，沒有邊際，沒有阻隔，只有茸草的清香和明淨的天空，而世界就像水晶一般透明而澄澈。

水仙日

她是經由湘湘才明瞭女人身體的種種細節和美妙，對她而言，湘湘是一切美的標準和極致，所有人與她相比，都會太高太矮太胖太瘦太醜太缺乏說服力，她身高一六二，體重四十六公斤，有什麼比這更好的比例？她的鵝蛋臉在別人身上是平庸，在她身上即是俊俏。她的杏眼桃腮和飽滿稍闊的嘴唇都是獨一無二，但是這些也只能形容她百分之一千分之一的美，她有一種精神的美，模糊不定的神祕感，只有她能感覺。

喜歡畫畫的她，怎麼畫也是跟湘湘一模一樣的臉孔，但畫筆也只能表達一二，那未能表達的部分恆然使她迷惑心醉。她甚至看不到湘湘的缺點，其實她的皮膚有點粗黑，小腿有個圓疤，但那都不妨礙她整體的美感。

她深爲自己熱情的注視所迷惑，爲什麼視線總是隨著她的身體移轉，到底是什麼神奇的吸引力發生在她們之間，應該說是發生在她身上，一個人孤獨地啜飲著美的迷狂與痛苦。

她同時感覺到自己身體的變化，渾圓的手臂和大腿，身上凹凹凸凸的曲線，胸前並浮著一股濃濃的乳香。她故意漠視這些，彷彿那是陌生人的身體。寧願被盲目的激情引導到神祕的國度，那裡繁花似錦，芳菲如醉，濃密的樹林裡充滿鳥叫蟲鳴。她就像那隻迷亂的蝴蝶，不知來自何方，不斷往花叢撲去。或者蝴蝶只是想成爲花朵的一部分，因此才有如花瓣般的身姿和色彩。或者，蝴蝶是花朵的影子，更陰暗更震動，它是天使與邪魔的混合物，是花朵沉默的靈魂。

她常渴望自己有雙翅膀，凡人的身體多麼平庸醜陋，除了湘湘。她看到少女的蒼白與自卑，中年人發著油臭的雙手和肚子，老年人的腐朽之氣，這些都令她無法忍受，想逃遁到無人的世界。

她的世界是如此狹小，容不下任何醜陋的事物，只有湘湘令她覺得值得存活。可惜湘湘無法了解她的熱情，也無法回應她的渴求。或許這樣的渴求本無人可以了解，連她自己也不了解，因而陷入深深的痛苦中。

多年之後，她才了解她是在湘湘的身上尋找自己的影子，或者說是女人的影子，湘湘就是女人與神的化身。而那段青春的歲月，爲了逃避自己已然女人的肉身，藉湘湘遺忘自己，藉湘湘型塑女人的影像。當湘湘逐漸遠去時，她覺得替湘湘活著，並知道肉體沒有界限，縱使生離死別也不能造成界限。肉體的交換融合跟細胞繁殖分裂一樣複雜，一個人身包融了許多人的肉體，那使靈魂感到擁擠與沉重的感覺，只是因爲另一個人身隱形地加入。

火蓮日

而當一個眞正的人身加入另一個人身，那又不是擁擠與沉重所能說明的。起初像得惡疾，不斷嘔吐又暈眩無力，食欲不振，唾液酸苦，沒有一個地方對勁。有時覺得大概是快死了，說不出的難過與憂傷。

佛教的觀念認爲肉體的死亡，會經歷大體的分解和意識的分解，這個過程如火焚身。孕育生命的過程，母體也會經歷一次大分解大焚身，這分解以胎兒脫離母體時最痛苦。生的痛苦與死的痛苦是類似的，但死亡的痛苦已漸漸被了解，生育的痛苦仍是不解之祕，因爲女人不敢說，不能忍受這種痛苦的女人將被視爲恥辱。

她是在生產時，才在床上聽到上一代的女人訴說生產的痛苦。每個人的痛苦差異很大，那些神經纖細、內向敏感的人往往是難產的不幸者，而那些神經強旺，勞動足夠的婦女，有的只覺得「一陣痠麻，不知不覺就生出來了」。

不論什麼樣的痛苦都被隱匿，以至於未婚的女孩對這種痛楚一無所知，她到生產時，才知道「女人是被矇騙長大的」。那不知來自何方的被支解被撐脹的痛楚，亦無止盡地延續，就像千軍萬馬在她身上踐踏而過，而產房只能以地獄來形容，到處是鬼哭神號。等待床位的孕婦被棄置在走廊上，高高擎起的雙腿和巨腹，令人想到刀俎的雞鴨。床位與床位之間只有一條布簾相隔，這裡的哭號連接那裡的哭號，近處的痛苦連接遠處的痛苦，陪伴的親人有人撫著佛珠，有人陪著哭號。

「不要碰我！」一個孕婦痛苦地呢喃。

肉體分解的痛苦，任何的觸摸只有更加強產婦的痛苦，吵雜與哭泣讓意識更加混亂，一如臨終之人。

她在經歷一天一夜的掙扎後被宣布難產，事實上她早已進入半昏死的狀態，全身的皮膚血管破裂，意識進入黑暗地帶。在剖腹生產手術中，她彷彿聽到基督嚴厲的宣判：「妳因教唆亞當偷嘗禁果，此後逐出樂園，世世代代女人將因懷孕而遭受無人能解之痛。」

在強力的痲醉下，她進入時空的另一個次元，那裡的顏色非人間所有，像陷進一大塊的愛玉凍中，另有無數把刀將愛玉切割成不同形狀的塊狀物，世界是由塊與塊銜接而成。數不清的裂痕與吐納，冰冰的時間與空間凍結成一塊分不開的巨大冰岩，無止盡地切割又切割。她想那是意識的圓形與分解的過程，比肉體的分解更細緻更光怪陸離，以至於當產婦看到初生嬰兒不覺嚶嚶哭泣，那其中有大半是為自己為生命而哭。

我們的身體會帶來這麼大的痛苦，令人無法想像。人身與人身的融合和分解，生產是具體展現，而其中的神祕仍無法訴說。少女含納優美的靈魂與人身，孕婦分裂新美的嬰兒，相對之下，愛情與性愛的經驗多麼抽象而微弱，女人因此感到深深的孤獨。

苦楝日

女人身體的老去意味著性魅力的消失。那草原的清香、牛乳的芳香和母體的幽香離她漸漸遠去。只有在某個怔忡的時刻，那從她身體含納而入的人身和分裂而出的人身，仍不斷在呼喚她的名字。而她已記不清他們的名字，不記得也不重要，她已決心一一釋放他們，讓自己得到徹底的自由。

老去的女人不再需要逃避男人的注視，不再需要層層包裹自己的身體。她記得小時候，許多老去的女人就在家門口水溝邊，赤裸著上身清洗她們的身體，皮膚就像被車輪輾過的糟泥巴，顯現強而有力的刻紋和斑點，下垂如袋的乳房。每個老去的女人都是一個樣子，回到某種平等、自由和愛。

不用再忍受生育與月經的痛苦，不用嫉妒其他的女人，也不用再與世界爭鬥，因爲歲月讓一切下垂與下降，而妳只有用自己的智慧上升。老女人的智慧是頑童般的俏皮與狡黠，她擅長迴避直接的質詢與爭鬥，以困惑無辜的表情抵擋所有的是非。她的眼光與舌頭變得更爲尖利，因爲要隨時面對年輕人的輕侮，只有在很少的時刻她露出慈祥的表情，許多人以爲那是老年人的寬容，事實上，那是被釋放之後與生命和解的態度。

她從此可以放心地在曠野中行走，在男人堆裡橫眉冷視。沒有人會再搶奪她的美色與肉體，因爲她早已一一將它們釋放。

她的祖母就是這樣，七十幾歲了，無論到哪裡去都要動用自己的雙腿，熱中各種旅遊計畫。她對吃更講究，採集各種養生的藥草，研製健康食品。她更喜歡園藝和養動物，女人天生與植物花草接近，年輕時愛花草只爲愛美，年老時愛花草，只爲享受栽種與植物生長的喜樂，草木的死死生生那樣的自然容易，令老去的女人內心感到安慰，原來死去可以這麼自然美麗。

她的祖母的死去就像一棵樹木的倒塌，有一天她摔倒在地上，就再也沒有爬起來過。她注視祖母業已平靜的肉體，臉上露出嬰兒般的笑靨，她彷彿看到祖母走進深密的叢林中，在草原的那一端隱沒，那裡有一顆星星亮了又暗了，她回到生命的初始而非歸入生命的終結。

近來她漸漸感到身體有了秋意，肌膚呈現樹木的紋理，並散發苦楝樹的果實氣味，生命多麼甜蜜又多麼憂傷，她迎風而立，臉上展露神祕的笑容。

問題與思考

1. 請各指出文中女性生命四階段的生命特徵，並討論何以作者用「水晶日」、「水仙日」、「火蓮日」、「苦楝日」來象徵。
2. 在你的記憶中有什麼樣的身體經驗是令你難忘的，請試著以短文書寫之。

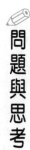

《牡丹亭》〈閨塾〉

湯顯祖

作者

湯顯祖（一五五〇—一六一六），字義仍，號若士，又號海若，別署清遠道人，江西臨川人。十四歲進學，二十一歲中舉，早有文名。但進士科考受挫，明萬曆十一年（一五八三）始成進士，歷任南京太常博士、禮部主事。萬歷十九年，寫〈論輔臣科臣疏〉彈劾首輔申時行等朝臣，冒犯君威，謫廣東徐聞典史，後改任浙江遂昌知縣。萬曆二十六年辭官返家，歸隱臨川玉茗堂，以著述終老。著有傳奇五種《紫簫記》、《牡丹亭》、《南柯記》、《邯鄲記》、《紫釵記》，後四種合稱「臨川四夢」或「玉茗堂四夢」，另有詩文集《玉茗堂集》、《紅泉逸草》、《問棘有草》等。

《牡丹亭》全名為《牡丹亭還魂記》，又稱《牡丹亭》，全劇共五十五齣，為湯顯祖代表作。湯顯祖於《牡丹亭．題詞》中言：「情不知所起，一往而深。生可以死，死可以生。生而不可與死，死而不可復生者，皆非情之至也。」此「至情」之説，透露出湯顯祖審美追求的自由性、理想性和在思想上對理學的批判。

課文

《牡丹亭》第七齣〈閨塾〉

（末上）「吟餘改抹前春句，飯後尋思午晌茶。蟻上案頭沿硯水，蜂穿窗眼咂瓶花。」我陳最良，杜衙設帳❶，杜小姐家傳《毛詩》。極承老夫人管待。今日早膳已過，我且把毛注潛玩一遍。（念介）「關關雎鳩，在河之洲。窈窕淑女，君子好逑。」好者好也，逑者求也。（看介）這早晚❷了，還不見女學生進館。卻也嬌養的凶。待我敲三聲雲板。（敲雲板介）春香，請小姐解書。

【繞池遊】（旦引貼捧書上）素妝才罷，緩步書堂下。對淨几明窗瀟灑。（貼）

《昔氏賢文》❸，把人禁殺，恁時節❹則好教鸚哥喚茶。

（見介）（旦）先生萬福，（貼）先生少怪。（末）凡爲女子，雞初鳴，

❶設帳：坐館教書。
❷早晚：時候。
❸昔氏賢文：將格言諺語匯編起來的一種蒙學讀本。
❹恁時節：這時候。

咸盥、漱、櫛、笄，問安於父母。❺日出之後，各供其事。如今女學生以讀書爲事，需要早起。（旦）以後不敢了。（貼）知道了。今夜不睡，三更時分，請先生上書。（末）昨日上的《毛詩》，可溫習？（旦）溫習了。則待講解。（末）妳念來。（旦念書介）「關關雎鳩，在河之洲。窈窕淑女，君子好逑。」（末）聽講。「關關雎鳩」，雎鳩是只鳥，關關鳥聲也。（貼）怎樣聲兒？（末作鳩聲）（貼學鳩聲諢❻介）（末）此鳥性喜靜，在河之洲。（貼）是了。不是昨日是前日，不是今年是去年，俺衙內關著只斑鳩兒，被小姐放去，一去去在何知州家。（末）胡說，這是興。（貼）興箇甚的那？（末）興者起也。起那下頭窈窕淑女，是幽閒女子，有那等君子好好的來求她。（貼）爲甚好好的求她？（末）多嘴哩。（旦）師父，依注解書，學生自會。但把《詩經》大意，敷演❼一番。

【掉角兒】（末）論「六經」，《詩經》最葩❽，閨門內許多風雅：有指證，姜嫄

❺雞初鳴……問安於父母：載於《禮記．內則》中，為舊時女子的生活守則。櫛，木梳。笄，束髮的簪子。

❻諢：打諢。

❼敷演：此作講解。

❽葩：花，此指有文彩。此說《詩經》於六經中最富文彩。

產哇；⑨不嫉妒，后妃賢達。更有那詠雞鳴，傷燕羽，泣江皐，思漢廣⑩，洗淨鉛華。有風有化，宜室宜家。（旦）這經文偌多？（末）《詩》三百，一言以蔽之，沒多少，只「無邪」兩字，付與兒家。

書講了。春香文房四寶來模字⑪。（貼下取上）紙、墨、硯在此。（末）這什麼墨？（旦）丫頭錯拿了，這是螺子黛，畫眉的。（末）這什麼筆？（旦作笑介）這便是畫眉細筆。（末）俺從不曾見。拿去，拿去。這是什麼紙？（旦）薛濤箋⑫。（末）拿去，拿去。只拿那蔡倫造的來。這是什麼硯？是一個是兩個？（旦）鴛鴦硯。（末）許多眼⑬？（旦）淚眼。⑭（末）哭什麼子？一發換了來。（貼背介）好個標老兒⑮！待換去。（下換上）這可好？（末看介）

⑨姜嫄產哇：哇，通娃。古代傳說姜嫄踏了天帝的大腳印一腳，故而懷孕而生下周的始祖后稷。見《詩・大雅・生民》。

⑩詠雞鳴四句：分別為《詩經》中《齊風・雞鳴》、《邶風・燕燕》、《召南・江有汜》與《周南・漢廣》，這四首詩舊皆以為寫女子美德。

⑪模字：臨帖。

⑫薛濤箋：唐代名妓薛濤自製的寫詩箋紙，時人稱之為薛濤箋。

⑬眼：硯眼。硯磨製後出現的天然石紋，圓暈如眼的稱眼。

⑭淚眼：硯眼有活眼、死眼、淚眼之分。斑痕不很清朗的硯眼為淚眼。

⑮標老兒：猶言倔老頭。

著。（旦）學生自會臨書。春香還勞把筆⑯。（末）看你臨。（旦寫字介）（末看驚介）我從不曾見這樣好字。這什麼格？（旦）是衛夫人傳下美女簪花之格⑰。（貼）待俺寫個奴婢學夫人⑱。（旦）還早哩。（貼）先生，學生領出恭牌⑲。（下）（旦）敢問師母尊年？（末）目下平頭六十⑳。（旦）學生待繡對鞋兒上壽，請個樣兒。（末）生受了。依《孟子》上樣兒，做只「不知足而爲屨」㉑罷了。（旦）還不見春香來。（末）要喚她麼？（末叫三度介）（貼上）害淋的㉒。（旦作惱介）劣丫頭哪裡來？（貼笑介）溺尿去來。原來有座大花園。花明柳綠，好耍子哩。（末）哎也，不攻書，花園去。待俺取荊條來。（貼）荊條做什麼？

⑯把筆：初習寫字，教師握著學生的手幫著寫。

⑰美女簪花：形容書法娟秀。格，範本。

⑱奴婢學夫人：指模仿而學不像。

⑲出恭牌：明代科場考試士子離座入廁，需先領取出恭入敬牌。故這裡的「領出恭牌」即為離座上廁所之意。

⑳平頭六十：逢十為齊頭數，平頭六十即整六十歲。

㉑不知足而為屨：出自《孟子・告子上》。這裡用來諷刺陳最良掉書袋。

㉒害淋的：罵人的話。

【前腔】女郎行㉓那裡應文科判衙㉔？只不過識字兒書塗嫩鴉㉕。（起介）（末）古人讀書，有囊螢的，趁月亮的。（貼）待映月，耀蟾蜍眼花；待囊螢，把蟲蟻兒活支煞。（末）懸梁刺股呢？（貼）比似你懸了梁，損頭髮，刺了股，添疤痆㉖。有甚光華！（內叫賣花介）（貼）小姐，妳聽一聲聲賣花，把讀書聲差㉗。（末）又引逗小姐哩。待俺當眞打一下。（末做打介）（貼閃介）你待打、打這哇哇，桃李門牆，嶮把負荊人諕煞。㉘

（貼搶荊條投地介）（旦）死丫頭，唐突了師父，快跪下。（貼跪介）（旦）師父看她初犯，容學生責認一遭兒。

【前腔】手不許把秋千索拿，腳不許把花園路踏。（貼）則瞧罷。（旦）還嘴，這招風嘴，把香頭來綽疤㉙；招花眼，把繡針兒簽㉚瞎。（貼）瞎了中甚用？（旦）則要

㉓行：們、輩之意，用在人稱詞之後。猶言女兒家。

㉔應文科判衙：去應考，若考取則坐堂辦公。文科，以經學考選，有別於武舉。

㉕書塗嫩鴉：塗鴉，隨便寫。

㉖疤痆：痆，音逆。疤痕。

㉗差：同岔，攪亂之意。

㉘嶮把負荊人諕煞：嶮，同險。諕，音嚇，同嚇、唬。負荊人，向人請罪的人，此指有過錯的人。

㉙綽疤：燒灼一個疤。

㉚簽：刺

妳守硯台，跟書案，伴「詩云」，陪「子曰」，沒的爭差[31]。（貼）爭差些罷。（旦捋[32]貼髮介）則問妳幾絲兒頭髮，幾條背花[33]？敢也怕些夫人堂上那些家法。（貼）再不敢了。（旦）可知道？（末）也罷，饒這一遭兒，起來。（貼起介）

【尾聲】（末）女弟子則爭個不求聞達，和男學生一般兒教法。你們功課完了，方可回衙。咱和公相陪話去（合）怎辜負的這一弄[34]明窗新絳紗。（末下）（貼作背後指末罵介）村老牛，痴老狗，一些趣也不知。（旦作扯介）死丫頭，「一日爲師，終身爲父」，他打不得妳？俺且問妳那花園在哪裡？（貼作不說）（旦做笑問介）（指貼介）兀[35]那不是！（旦）可有什麼景致？（貼）景致麼，有亭台六七座，秋千一兩架。繞的流觴曲水，面著太湖山石。名花異草，委實華麗。（旦）原來有這等一個所在，且回衙去。

（旦）也曾飛絮謝家庭[36]，李山甫（貼）欲化西園蝶未成。張泌

（旦）無限春愁莫相問，趙嘏（合）綠陰終借暫時行。張祜

[31] 沒的爭差：沒有差錯。

[32] 捋：拉扯、拔取。

[33] 背花：背上被鞭打的傷痕。

[34] 一弄：一帶、一派。

[35] 兀：增強語意，無意義。

[36] 飛絮謝家庭：用以比喻自己像是謝道韞一樣有詩才。

問題與思考

1.「閨塾」一齣後又被稱之為「春香鬧學」，試問為何會得此稱呼？又，請敘述春香如何鬧學？請試以「鬧」字分析本劇。

2.《牡丹亭》中的杜麗娘死後還魂，請試找尋其他古典文學中的還魂故事。

〈自己的天空〉

袁瓊瓊

作者

袁瓊瓊（一九五〇—），出生於新竹，早期筆名朱陵，作品多散文與小說。曾任電視編劇，現專事寫作。語言內斂、簡潔，〈自己的天空〉為《聯合報》六十九年短篇小說獎，也是臺灣女性文學史中的重要作品之一，代表新時代的女性意識。第一篇長篇小說《今生緣》取材為眷村，寫的是「生活裡的人物」，和自己來自眷村的生命經驗相關。作品有小說《春水船》、《自己的天空》、《滄桑》、《或許，與愛無關》、《今生緣》等，極短篇《袁瓊瓊極端篇》、《恐怖時代》，也有散文《孤單情書》、《繾綣情書》、《冰火情書》、《曖昧情書》、《紅塵心事》、《隨意》、《青春的天空》等。近年袁瓊瓊活躍於網路平台，拓展出新的創作空間。

課文

她一下就哭起來了。

良三抿緊了嘴坐著，已經不準備再說了。她看著他，眼淚啪啪流下來，流到頰邊癢癢的，不知怎麼，光留心了那癢。良三不知道是什麼看法，面對著個哭哭啼啼的女人。還有良四跟良七，三個大男人一溜圍著她坐著，看她哭。眼淚搞糊了視線，光看到三個直矗矗的人頭，看不清表情。

「嫂嫂。」是良七叫了一聲，他那個方向的人影動了一下。靜敏垂下頭來，在手袋裡找手帕。她擦眼淚的時候聽到良七又喊了一聲：「嫂嫂。」

她答應：「嗯。」

視線又清楚了。良三跟良四都垂著眼，面無表情。良七年紀輕，還不大把持得住自己，坐在那兒，臉都迸紅了。

靜敏看他，他突地立起來：「什麼嘛！」他說，聲音都變了腔：「還找我幹麼！」

良四拉他：「你坐好。」

良七坐下來了。靜敏看到他眼睛紅紅的，她嫁過來的時候，良七才念小學，一直到上高中，同她這嫂子感情最好，現在好像也只有他同情她。她心一酸，眼淚又下來了。

良三慢慢的說話：「前頭不是講好了嗎？叫妳不要哭。」他停了一下，仍然是上對下的口吻：「這又不是家裡。」

靜敏抹眼淚。

良四的角色是調劑雙方的氣氛的，他當下應話：「嫂嫂，不要哭，三哥又沒說不要妳。」

良三說：「是呀！」他一點也不慚愧：「只是暫時這樣，現在她鬧得厲害，騙騙她。」她是指那舞女。

他說那個女人的時候，嘴角悄悄的迸了朵笑，只有一剎那。靜敏看得很清楚，不懂他怎麼這樣寡情，總算是夫妻七年。他現在或者是種控制住局面的得意吧！別的男人有外遇，總弄得雞飛狗跳的，只有他，一切安排得好好的。完全拿她不當回事。現在還要她把房子讓給那個女人，而且算定了她會聽話。

良四說：「三哥給妳租的那房子，雖然小些，是套房，什麼都齊全的。」

良三說：「住起來很舒服的。」他皺著眉，不是苦惱，是種嚴峻，決定性的表情：「我每個禮拜都會去看妳。」

沉默。靜敏拿面紙擦眼淚，極輕的沙沙聲音，還有她自己吸鼻子，一吸一吸，氣息長長的，像害了病。

良七抱著手膀，很陰沉的盯著她，好像突然成了她的敵人。良四一向是家裡最滑溜的，這時候臉上是適當的凝重表情。良三則呆著臉，好像要睡著了，他難得有這樣和氣的表情，或者他也有良心的，也在這件事上頭感到一點點不忍。

靜敏終於說話了：「爲什麼？」

三個人都看著她，靜敏又不說了——她垂下頭來整理一下思緒，有點驚奇的發現自己沒想到什麼。

這也算是女人一生的大事。男人有了外遇，現在要跟自己分居。可是她想不出一些別的什麼來，連哭都不大想。爲什麼剛才會哭，也許只能歸因於她一向愛哭。也許她給嚇倒了，想不到自己生活裡會出這種事。也許她覺得不高興，這種事應當在家裡講。結果把她帶到這裡來，四個人圍個大圓桌子，就像馬上要開飯。他們兄弟圍著圓桌的那邊，這裡只有她一人坐著，好像她跟他們全不相干。

她應當有點合適的想法才對，比如指斥一下良三的忘恩負義，「我做錯了什麼，你要對我這樣。」電視上演過很多。至少也該一下子暈死過去。可是她光是健康的不痛不癢的坐著，手在桌子底下絞手帕，絞得硬硬的再轉鬆回來。她看到地毯上讓菸燙了一個洞，那是深紅底黑紋的地毯，不仔細還不大看得出來。她又拿手帕擦了一下臉，估計現在臉上是沒有樣子了，恐怕鼻子都肥了起來。她忽然很慚愧，要分手的時候，讓他看到自己這樣醜。

良三說：「她六月就要生了，需要大一點的房子。」

靜敏灰心起來。她應聲：「哦。」一談到孩子，她就覺得灰心乏味。她跟良三沒有孩子，可是她不知道他是這麼想孩子的，他從來也不說什麼。她忽然又想哭了，又開始亂七八糟掉淚，男人們都安靜著。她分明的見著了眼淚落在裙子上，眼淚聲音好像很大，眞是啪答啪答落雨一般。

雅室的門呀地推開，服務生現在才進來，也是這家生意太好。靜敏垂手坐著。良三說：「還是吃點什麼吧！這店子是出名的。」

他靜靜的翻菜單，平穩的徵求其他人的意見：「來道蝦球好嗎？」

服務生刷刷的記在單子上。

良四說：「來點清淡的，三哥，你這是不成的，小心血壓高。」

「這是這兒出名的菜，你懂不懂？」

良三點了四菜一湯。

服務生離開。靜敏垂頭說：「我想上洗手間。」

良三說：「去吧！」

靜敏離座，唏唏嗦嗦在皮包翻東西，終於決定連皮包一起帶去。那三個男人寧靜有禮的坐著，良四甚至做了個微笑。

靜敏合上門，隔著門是那一家三個男人，叫她妻子叫她嫂子的，可是這下她是給關在門外了，她一下有點茫然，忘了自己要做什麼。她發了一會兒呆，聞到飯館廚房飄過來的香氣，熱鬧鬧的。她沿著通道走，通到底是廚房，看到廚師的白帽子白圍裙和不鏽鋼廚具，轉過彎來是餐廳，隔著許多張桌子椅子和人群，自動門就在那兒。自動門是咖啡色，映出來的外面像是夜晚。靜敏看著，很想走出去，人聲嗡嗡的。但是走出去又怎樣呢？她覺得有點心煩，結婚七年來一直依賴著良三，她連單獨出門都沒有過，這地方還不知是哪裡。而且她還沒帶什麼錢，因爲總跟著良三。現在是給他帶到這裡來講這些事。相信他，他就把人不當回事。

她又氣自己不爭氣，怎麼連錢也不帶呢？她沒辦法的事多著，向來出門是良三把車子開來開去，她懷疑自己就算坐了計程車，能不能把地方指點給司機聽，總之是無能，不怪人家要來甩張舊報紙樣的甩掉自己。

她只好去洗手間，在鏡子裡看到自己果眞是花容零亂。她洗了臉，對著鏡子描妝，眼睛哭了一陣，倒是清清亮亮的。她注意鏡子裡的自己，覺得過於精神了，不像是剛受到打擊的女人。可是爲什麼要把這件事當作是打擊呢？她覺得自己並沒那麼愛良三。他們的婚姻是媒人撮合的，是很平靜不費力的婚姻。或許良三對那女人的感情還深些，他一說起那女人，有很特殊的表情。

可是她剛才哭那麼多，良三恐怕要以爲她崩潰了。他全部的心思只想到要震懾她安撫她，不願她糾纏不放以致失態，他可不知道她根本不在乎。她一直哭，因爲怕，而且想到自己要三十歲了，突然變成被遺棄的女人。早幾年的話她還年輕些，年輕時被遺棄比較上有什麼好處，她一時也想不清楚，不過一切事年輕時總要好些。她開始有一點點恨良三，彷彿正暖暖的泡在熱水池裡，良三過來澆人一頭冷水。過後她開始細細的打扮，爲良三，她一直是爲良三打扮的。又把眼線擦掉了，也是爲良三，顯得太容光煥發，良三也許要難過的。他一直認爲他在靜敏心裡頭有分量。

回到房間裡，三個人已經再吃了。良三抬頭瞄她一眼，說：「吃一點吧！」

這又是很家常的感覺，一家人坐著吃。良七完全不看她，靜敏不知怎麼，感覺到他那強烈的羞愧感覺，彷彿席上眾人，光他一個做錯了事，她知道良七同情她。良四也許也同情，可是他沒那麼強的道德感，他很挑剔的夾了塊荷葉蒸肉，小心的用筷子把荷葉翻開來。良三一吃起東西來總是心情很好，他慢慢的談是如何發現這館子的。像尋常一般指點著菜對靜敏說：「靜敏，妳研究一下這道菜，人家做得是眞好。」

良四：「她這方面不太成吧？」他不看靜敏，不是說她。「她那種出身。」

良三略爲遺憾了：「就是呀！」

靜敏默默坐著，有些難過，當著她，就這樣談起那個女人來了。

良三向要安撫她：「靜敏的菜做得好，那是難得的。」他賞識她也許就這一樣，良三非常講究口腹的，事實是他們家的男人全是。想到良三那個女人是不會燒菜的，靜敏一下子同情他了，不知怎麼，一下看他是別的男人，同情他妻子不好，忘了他是自己丈夫。靜敏說：「以後你吃不到了。」

良三停下筷子看她：「什麼？」

「我的菜呀！」靜敏慢慢應道。她忽然有種鬆懈的感覺：「我不想分居。」

良三頭一下抬正了起來，彷彿有點變了臉：「剛才不是說好嗎？」

「我們離婚吧！」

靜敏也覺著了一點得意，那是那三個人一下全抬了臉，都看著她的時候。雖然表情不一樣，而且良七瘦，良三是個圓臉，可是他們家男人長得眞像。

靜敏是這樣子離了婚，說出來人總罵她：「哪有那麼笨的。」

劉汾也罵她：「哪有妳那麼笨的，妳跟人說那麼清楚幹什麼，誰也不會同情妳。」

劉汾比她還小兩歲，也離了婚。她的婚姻是另一種，念高中時候懷了孩子，迫不得已結婚，婚後過不慣就離了。滿二十歲以前，女人這輩子的大事全經過了。現在孩子養在娘家。她保持得好，看不出來生過孩子，跟前夫還常有往來，她說：「不要他做丈夫，我就覺得這個人眞是可愛。」

分手的時候，良三給了點錢，就拿這點錢開了家工藝材料行。店子小，沒有用人，平常忙不過，劉汾會幫著招呼一下。她在對面開洋裁店，閒的時候愛過來聊天，兩個人一塊坐在店面前的台階上，像小學生。巷口有風送過來，下午，涼涼的。

劉汾慣是一屁股坐下去，兩腳一岔，天熱了她穿短褲，就手「啪」打了靜敏一下：「妳怎麼這樣秀氣，我以爲哪兒來的大小姐。」

靜敏是抱著膝蓋，腳縮到裡面的坐法。拘束慣了，一下子敞開不來。

劉汾心不大在，邊看巷口，她兒子快放學了，念小學四年級，已經好大的個子。劉汾呱啦講著報上的崔苔菁的新聞：「離了婚怎麼還那麼恨他。我跟小丙一離婚我就不恨他了，嘴也不吵了，架也不打了。」小丙只大她一歲，夫妻倆火氣都大。到現在都不算是夫妻了，小丙來過夜的晚上，他們樓上有時候還一樣乒乓亂響，隔天垃圾桶裡儘是砸壞的東西碎片。「小丙今天來。」她漫漫的說，心裡有事。

「是呀！」靜敏應她：「最近你們是不大吵了。」

「咦。」劉汾驚詫：「那算什麼吵架，妳不知道我們從前簡直像我是男的，跟我打咧！」她下結論：「小丙現在成熟多了。」

巷口有人進來，劉汾眼尖，看出來了：「喂，謝小弟又來了。」

她是用調笑的心理喊良七「謝小弟」，坐在台階上懶懶的拉嗓子喊：「嗨，謝──小──弟。」

良七臉僵僵的過來，劉汾不管，拉他坐台階上：「喂，好久沒來了。」

良七先越過劉汾跟她打招呼：「靜敏姐。」

忘了他是什麼時候開始改口叫靜敏姐的。靜敏應：「我拿杯冰水給你。」端兩杯冰水出來，靜敏留心到良七的背影，他很明顯的瘦了，襯衫裡空盪盪的。

坐下來就問：「怎麼瘦了好多？」

劉汾代他答：「他考試，熬夜。」

她喝光冰水，回自己店裡去了。

靜敏跟良七一塊坐在台階上，中間是劉汾離去那塊空白。風吹著，有奇怪的感覺，彷彿坐得很近，又有距離。

良七常來看她，謝家的人惟有他一人過不去，總是心事很重的，講起話像跟自己生氣：「要滿月了。」

良三那兒生了個女兒。良七垂頭看自己鞋子：「三哥本來想兒子。」

「哦。」靜敏柔和的回答：「男人都這樣。」

良七要抗議：「我不會。」他說著把臉轉過去。

「你還早吧！」靜敏笑他。臉對著良七的後腦，他頭髮老長，厚厚雜雜的一大絡。她說著手就伸過去，拉良七的髮尾：「頭髮好長哦。」

良七吃了一驚，胡亂應道：「誰給我剪！」

「我給你剪好不好？我手藝不錯啦！」她是雜誌上看來的，眞正動過手的只有劉汾跟她自己。她把腦袋轉給良七看：「你看看我的頭，我自己剪的。」

轉過臉來時，良七正凝定的看她，彆住什麼的神氣，眼睛裡汪汪亮亮的，靜敏情不自禁的愛嬌起來，她偏臉問：「好不好嘛！」說完了自己先詫起來，良七向來是自己的小叔，看著他長大的，可是那一下，他光是個男人。

她仔細的找了張床單把良七渾身圍起來，怕他熱，拿風扇對著吹。先用噴壺把頭髮噴濕，頭髮濕透了貼著腦門，頭一下子小了許多。良七乖乖坐著，渾身包起來、光剩個腦袋任她擺布。敬敏先用夾子夾頭髮，跟良七說：「像個女生。」她垂眼笑著，良七翻著眼向上看她，頭不敢動。

她說：「你記不記得小時候我老給你洗頭呢！」

良七說是，不知爲什麼要答得這樣正式。靜敏光是想笑，以前接觸良七時，他還是橫頭橫腦的小男孩，現在他眞是大了，大半期末考忙的，連鬍子也沒刮，黑色那麼明顯的小椿椿，年輕男孩的皮肉潤潤的，給人好乾淨的感覺。良七抿嘴坐著，這孩子慣愛擺這種臉。

剪下來的頭髮有菸味。靜敏嗔：「多久沒洗頭啦！」

良七說：「沒人給我洗嘛！」

「你的手呢！」

「被妳包起來了。」他的手在白被單下頭動了動。

靜了半晌，靜敏說：「反正我不給你洗哦。」又說：「懶。」

是放學的時辰，巷口漸漸有學生進來，有學生來買線，女孩子一群巴著櫃臺前，靜敏去招呼。她這店子的生意總這樣，一來一大群，女孩們有跟她熟的，咕咕猛笑：「老闆娘，妳會剪頭髮啊！」

良七楞頭楞腦坐在櫃臺裡，頭上還夾著夾子，他閉了眼，像生氣，怕是眞窘了。靜敏喚：「良七，你去坐裡面。」裡面是她自己住的。良七到後面去，她跟人解釋：「我小弟。」又跟另一個女孩講：「我小弟啦！」其實人家沒注意她的話。她教了幾個人針法，把顏色和花邊本子攤出來給人看，忙了半天才對付完。一忙完就進裡面去，店堂與內室只拿簾子擋著。她掀簾子進去，喚：「良七。」

良七已經把被單解下來了，坐在床上翻電視週刊看。簾子從背後嘩啦垂下來，是她自己編的木珠簾子，世界在外面，可以看見是零零碎碎的。房子裡單擱了一張梳妝台，一張單人床，一張椅子，角落擱著材料和紙箱。良七坐在裡面，她忽然覺得房子小了，她有些拘束，背貼著簾子站著：「良七，你生氣啦？」

「沒有。」良七把書放下：「靜敏姐，妳變了，變得比較能幹。」他把手一擺，突然帶點淘氣：「不是說妳以前不能幹哦。」

「來剪吧！」

現在就把良七推到妝鏡前，剪了半天，她發現良七光在鏡子裡看自己，遂停了手問：「怎麼啦！」

「什麼怎麼啦！」

「你一直看我。」她把臉板起來，做潑辣狀。良七是她看著長大的，她不怕他。

良七說：「那不然我看誰？」

「看你自己呀！」

良七又答是，兩人是撐不住的要笑。靜敏小心的問：「有沒有女朋友呀！」

「還沒有。」他連笑都抿緊嘴，顯得孩子氣的厲害，靜敏在鏡子裡望他，突然得有點心亂。良七那清楚的五官，也許是照在鏡子裡，異常的明亮。他的下巴是狹狹削過來的，極平滑的輪線，很漂亮。手底下他的頭髮一搭搭，全是濕的，絲絨似的黑亮。她覺得自己沒法控制似的，要癱到良七身上了，她的頭沉了沉，良七的氣味泛上來，是菸燥帶了汗臭，全很淡。她這裡簡直就沒男人來過。

靜敏怕自己。

她說：「我看看外面。」掀了簾子出去。

良七跟了她出來，他把被單又解了，頭上還是夾子。靜敏想笑。又掀簾子進去，良七又跟進來。

他忽然就說了：「靜敏姐，我喜歡妳。」

他自己抵著門簾站著，世界讓他擋著了。那麼滑稽、濕的，沒剪完的頭髮，夾子是灰白色，像頭上棲著大飛蛾。他也害怕，說完了抿緊嘴站著，也是個大人，卻一下子瘦寒得厲害，讓人想摟著在懷裡哄。

他也許這件事想過許久了，說出來像繃緊的弦突然鬆開，臉上不笑，神色像定了心。

兩個人都不知該怎麼辦，只是站著，最後是靜敏講：「過來剪吧！」良七過來安坐在鏡子前。

她開始哭，這一點大概一生都不會變。良七要站起來，她按他坐下，一邊眼淚滴答掉著，落在他頭髮上，她一邊剪一邊抹眼淚。良七發急道：「靜敏姐，我，對不起。」

「沒關係，我就是愛哭。」

良七給嚇著了。靜敏發覺到自己可怕，又不是很凶猛的哭法，光是無聲的，一下子眼裡蘊了淚水，像日子過得多幽怨。其實不是，離了良三，她覺得自己過得挺好，男人也不是頂重要的。她一鬧情緒總要哭，看書報電視電影，總哭得好傷心，她自己想著又笑了。良七在鏡子裡看她，放了心，害羞的回了個笑。

靜敏說：「我就是愛哭，跟你沒關係。」

她仔細的剪他的頭髮，她有點喜歡良七，可是沒有喜歡到那程度，他還是小，看他那放了心的樣子。她氣自己，離婚還不到一年，聽到男人說喜歡自己，居然還哭了呢！

「良七，你亂來。」靜敏說。覺的口吻不大正派，於是拿剪子敲了他一下頭：「我是你三嫂吔！」

剪好頭髮，她幫她洗頭，窄窄的洗澡間，兩人擠在一塊，良七彎了腰，頭髮浸在洗臉池裡。靜敏左手越過去夾著他腦袋，這麼親近的一個男人，像弟弟、愛人、像兒子。

流水嘩嘩，涼涼滑動的水流過她手指間，她手指尖是他一條一條的髮，黑色小蛇盤蜷在手背上，浸在水裡的髮漂起來，絲絲絡絡，非常整齊美麗。她也許一輩子記得這些。下午，室外沒有人聲，老風扇在前面店堂裡轉，轟轟過來，又轟轟過去。浴室裡是房子本身的舊，帶著腥腥的腐味，上面浮著洗髮精的草香，良七本身的汗濁氣。他低著頭，給水澆濕了，觸得到的部分全是涼的。他很乖，安靜著，可是好大聲的吸著氣。他曉得他在彆著，他自己也彆著，小心的屏息著，一次只呼吸一點點，可是彆不住的時候就又幽又長的冒出來，像歎息。兩個人緊張的貼擠在一塊，良七大聲喘著氣，好像曖昧了，可是沒有。

這以後她就不大能安定，總是心惶惶的。把店頂了出去，開始給保險公司跑外務，只有這個工作好找。

每天夾了大包包，見人笑臉先堆起來，她都不相信自己會幹這個。她也並不是能說會道，可是長了張誠實的臉，拉保險時並不跟人強推強銷，只是坐著，資料全攤出來，老老實實唸相關的部分。人說什麼，她都光是答應：「是的。」緩緩的，拉長音調講，讓人覺得她有話說，不敢講。客戶很難避免這種憐恤的心情，如果拒絕了她，總過陣子又打電話來。她業績很好，開始往上爬，做到了主任。

她現在黑了，也瘦了。穿著牛仔褲，因爲方便，變得比較不那麼拘謹。眼睛亮亮的，也會坐著把腿擱得老高。她的笑容是熱誠明亮，老實不帶心機，讓人見了戒心先去一半。

跑保險時碰到了屈少節，兩人不久就住在一塊，這次是她了，她是另一個女人。她知道他結了婚，可是她喜歡他那付倔倔的樣子，四十來歲，給寵壞了的男人，到現在都還不知道要怎麼生活。他在家貿易公司作經理，靜敏闖進去，那是間發亮的辦公室，全是玻璃、不鏽鋼、壓克力、塑膠、鋁與鐵，秩序而明亮。屈少節坐在桌子後頭，乾淨的臉、頭髮，西裝筆挺。他根本不耐煩她，臉繃著，倔倔的。他保過險了，他不需要保那麼多的險，他不願意談這些事，對不起，他還有業務要處理。

他維持了禮貌送靜敏到門口，她身上甚至噴了香水，是青橄欖的味道。

靜敏決定自己要他，那時候她三十三歲，在社會上歷練了四年，開始變成個有把握的女人。除了她自身的修飾是裝扮，她學會運用人，懂得什麼人要怎麼應付，懂得什麼話會產生效果。她心思細密，肯靜靜聽人說話，結果學到了體會別人的感情波動，能窺測別人的想法。

他明白屈少節是什麼樣的人。

她第二次去，打扮得極女氣，薄紗的衣裳，頭髮貼著腦門。她只占了他十分鐘，並不談保險。

後來她經常去，坐的時候長了，有時候一塊去吃飯。她那時整個愛上他了，突然全無腦筋，什麼也不考慮，就光想見到他。她的把握全失去了，她每天打扮得漂漂亮亮，輕飄飄的到了他辦公室。她端莊坐著，腿縮在椅子下，盯著他，整個人流麗。任何人都可以看出她滿得像裝實了的水瓶，一碰就要溢出來，只除了他，他那頂好好看的濃黑眉毛，倔倔的蹙起來，他是個煩惱的人，見面總把眉一抬：「又來拉保險？」

靜敏自己受不住了，她發現自己當眞戀愛起來，反倒怕了，她擔不起這樣認眞。她愛他愛到覺得自己全身洞明，在他面前，她靈敏得像含羞草，一點點動靜她都縮起來。都這麼大了，玩這些不是太老了麼？她停止去看他，彷彿把他全忘了，但是不能死心。她終於又去了，決心把這件事澄清下來，她就連他對自己什麼想法都不知道。

屈少節還是老樣子，像這麼久的時間，他釘死一樣坐在辦公桌後，一步也沒離開過。他抬頭，濃黑眉毛一跳一跳：「又來拉保險？」

他連詞也不改。靜敏又哭了。

她終於拉到了保險。不久他們就同居在一起。

這麼多的事講給劉汾聽，好像又很簡單，三兩句就交代了：「我要他保險，他老不保呢！我天天去纏他。」手上抱的是劉汾新生的兒子，又胖又重，贅得手酸，她換個手抱。劉汾接過去：「我來吧！」

她問：「後來呢！」

靜敏說：「後來我們就熟了，他也保了險啦！」

劉汾看著她，下斷語：「我看妳現在過的很好。」她解釋：「妳看上去很漂亮。」

「哦。」靜敏笑笑。

劉汾又跟小丙結了婚，兩人在市區裡開了餐館。劉汾現在是坐鎮櫃臺的老闆娘，發了福，坐在櫃臺裡，白白胖胖像剛出籠的饅頭。她把小孩放在櫃臺上，給他抹口水。

靜敏逗他：「我們別的不要，光要吃這個小豬哦！」哄那孩子：「吃一口，吃一口。」

有客人進門，服務生招呼不來，老闆娘親自下海，劉汾嚷嚷：「坐這裡！要點什麼。」

這孩子下地就認了靜敏作乾媽，熟得很，孩子給逗得直笑。靜敏懷疑自己是不是不能生，或者是年紀到了，她極想要個孩子，少節的孩子。

劉汾過來拍她背：「靜敏，那桌客人問起妳。」

「哪一桌？」這是常事，她本來見過的人多，跑保險跑的。

「我帶妳去。」靜敏笑瞇瞇的，抱著孩子，一張張桌子擠過去。那桌上坐了對夫妻，帶兩個孩子，那位太太老遠就盯著她看，很謹慎的。那男人給孩子擦手，偏著臉，直到靜敏走近了……才抬起頭來。

是良三。

靜敏喊：「是良三。」確實有點驚喜。雙方都各自介紹過。劉汾把孩子抱走。靜敏熱烈的又說：「好久不見了。」

是這麼多年的閱歷練出了她這種見面招呼，良三詫了一下，帶了笑，也一樣客氣的：「妳變了很多。」兩個人這時候是沒有過去的。良三也像初識的人，靜敏覺得忘了許多事了，良三過去不是這樣，可是她記不起良三從前的樣子。

她扶著椅背站著。他們一家四口正好占了桌面四周的椅子，絲毫沒有讓坐的意思，靜敏於是老實不客氣的挨著那個大女孩坐下來。這也是過去的靜敏沒有的舉措，她看到良三那奇怪的表情。良三又說一遍：

「妳變了很多。」

「人總是要變的。」靜敏笑，她現在怪異的感覺到出現了兩個自己。她很少想到過去的自己是什麼樣子，但是守著良三，從前的自己就出來了，她忽然強烈得感到了現在的自己和過去的自己許多差異。

她笑，拖著臉，懶散的，知道自己使那個女人不安：「良三，你也變了。」

「沒有。」良三連忙否認。

「胖了。」

「沒有。」還是否認，良三突然老實得有點可憐。

兩人談了些近況，良七出國了，小妹嫁了。靜敏爲了面子，謊稱自己結了婚。良三睜直了眼問：「那是妳兒子？」

他是指劉汾的小孩。

靜敏半眞半假的：「是啊！」

良三突然衰頹了，掙扎半天，他遺憾的說：「想不到你也能生兒子。」

桌面上另外三個女人，良三的妻和良三的女兒，他們安靜的發著呆。靜敏很了解做良三的妻子是什麼滋味，她帶點憐恤的看那女人。穿素色洋裝，非常安靜溫順，她認識良三時是舞廳裡最紅的，現在也還看得出人是漂亮，可是她有點灰撲撲的。

那就像那個女人代替靜敏在良三身邊活下去，灰暗、溫靜、安分守己。或許她也很快樂，靜敏從前也不是活得不好，因爲那個女人，她現在在過另一種生活，她覺得自己現在比過去好。她主動跟良三的妻子微笑，善意，可是管不住自己想胡調一下。她問：「良三晚上睡覺還不愛刷牙嗎？」

良三夫妻都變了臉。良三笑，「呵呵。」那女人氣了，她也許不像表面那麼溫馴。她這下又是她自己了，不是另一個靜敏，她也沒有要哭的意思，或許回去她會跟良三吵鬧。

靜敏回到劉汾這兒，她特爲叫廚房炒一盤菜送給良三夫婦，向廚房走。從廚房飄來白色的熱氣，廚師的白衣，亮晃晃的餐具，在許多年前也有這麼個印象，爲什麼飯館的廚房都是一個樣子。

可是她現在不同了，她現在是個自主、有把握的女人。

問題與思考

1. 靜敏在小說中的幾次哭泣，都象徵她不同階段的成長，請試著根據小說的情節與情境脈絡，尋繹出她不同階段的成長與哭泣的意義。
2. 靜敏最末獲得了她的愛情，成功的向前夫「示威」，得到「勝利」。試問對於這樣的結局，你有何看法？請和同學們一起討論分享。

延伸閱讀

1. 周嘯天編，《詩經鑑賞集成》，一九九九年，臺北：五南圖書公司。
2. 張愛玲，《傾城之戀：張愛玲短篇小說之一》，一九九一年，臺北：皇冠出版社。

3. 張默編，《剪成碧玉葉層層——現代女詩人選集》，一九八一年，臺北：爾雅出版社。
4. 何金蘭，《法國文學理論與實踐》，〈女性自我意識：主體／幻象／鏡像／主體——剖析蓉子〈我的妝鏡是一隻弓背的貓〉一詩〉，二〇一一年，臺北：秀威資訊科技股份有限公司。
5. 陳芳明、張瑞芬編，《五十年來臺灣女性散文・選文篇》，二〇〇六年，臺北：麥田出版社。
6. 邱貴芬編，《日據以來臺灣女作家小說選讀》，二〇〇一年，臺北：女書文化事業有限公司。

單元作業

1. 閱讀完童真〈穿過荒野的女人〉和袁瓊瓊〈自己的天空〉後，同學應該已經對現代小說有一些基本概念，請試著自己寫寫看，構思改寫本單元所選作品〈上山採蘼蕪〉為一篇現代小說。
2. 請你擔任記者，回家邀請家族中的一位女性長輩，訪問她的人生故事。

單元三

飲食與旅行

導讀

〈戒單〉／袁枚

〈小飯桶與小飯囚〉／顏崑陽

〈北京〉／郝譽翔

〈丁公默送蝤蛑〉、〈蜜酒歌・并引〉、

〈杜介送魚〉／蘇軾

〈川味紅燒牛肉麵〉／焦桐

〈懷念從前味〉／韓良露

導讀

在現代社會中，旅行雖往往指涉為休閒娛樂；但廣義來看，貶謫、逃難、行役、客商都可算是行腳異地的旅行。雖然因為目的不同，感受有別，不過同樣都會面對歷史文化、山水風物，也會與旅者心靈進行對話，因此羈旅是古今文學書寫的重要題材。

然而在旅行時，要認識一地文化的最佳進路就是飲食。因為飲食不僅是維持著人們的生命機能，對精食細膾的追求更是人之本能。可以說飲食是一地人民的物質與精神文化結晶，是組構群體間共同記憶的重要元素。因此，當我們行旅外地時，除了想嚐嚐在地美食外，也總會不自禁地尋訪烙印在記憶中的家鄉味。

雖然每個人都曾有過飲食與旅行的經驗，也可能書寫過相關作品；但是體會深淺不一，轉化為文字的能力亦有高下。因此本單元挑選袁枚、顏崑陽、郝譽翔、蘇軾、焦桐、韓良露等六位古今名家之作，讓我們一起閱讀經典，欣賞並分析他們觀察事物的角度與運用語言的能力。

第一篇為袁枚的〈戒單〉，探討飲食、烹調時須注意之「戒」，收錄在《隨園食單》中，此書集袁枚烹飪、飲食論述之大成，為中國古代記錄飲饌最重要的作品之一。在《隨園食單》中記述了關於飲食的見解，包含了〈須知單〉、〈戒單〉、〈海鮮單〉、〈江鮮單〉、〈羽族單〉、〈小菜單〉、〈茶酒單〉……等十四個部分。其中最特殊的就是〈戒單〉，因為〈戒單〉從反面立說，針對「烹調方式」、「食材去取」、「飲食禮儀」、「飲食風尚」等層面提出十四個弊病。如論「戒耳餐」直指時人「貪貴物之名」，飲食但求其價非求其味的現象。其觀點鞭辟入裡、有條有節，是書寫飲食評論時值得參照的對象。

第二篇是顏崑陽的散文〈小飯桶與小飯囚〉，收錄在同名散文集中，這本散文集關注的議題為：我們的生活如何能更美好？此篇文章就從食物切入，思考快樂、美味與富裕生活之間的關係。相對於袁枚的「直戒」，顏崑陽的〈小飯桶與小飯囚〉則以父親對子女的溫婉口吻提出勸誡。文中以己身匱乏童年對照現今豐足的一代，鮮活地描述兩代人在面對食物時的不同態度。水煮田螺、醬燒鯽魚本身的滋味不變，但卻因為食者成長環境的差異，而有著不同的評價。由此引發對於「快樂」的反思，因為我們總認為在豐足時容易獲得快樂，但事實上快樂記憶卻總停留在匱乏之時的滿足。

第三篇是郝譽翔的〈北京〉，收錄在《一瞬之夢——我的中國紀行》中，記敘一段漫長的中國旅程，通過知識份子的現代觀察，刻寫出深具文化厚度的新一代「現實中國」。〈北京〉一文共分「在山的海洋上」、「野長城」、「農家樂」、「『工農兵』變成了藝術家」、「四合院：新紅資俱樂部」、「最後的胡同」等六個章節。首先，敘述塞外壯闊山景帶給內心的衝擊，並連結到長城這個悲劇性符碼的歷史文化底蘊；接著，尋訪居住在長城邊下的農家，從農家菜引出中國農民的特殊性格以及現代化後的轉變；最後，走進四合院、胡同，刻寫現代化、資本化後的北京。郝譽翔的文字悠遊於北京的前世今生，鮮活地刻寫出現代中國的縮影。

第四篇為蘇軾飲食詩選，東坡向以愛吃著名，也戲稱自己是「老饕」、「饞太守」，其好吃可見一斑。然而，蘇軾不僅是好吃，更對飲膳之理有獨到見解，如東坡肉、東坡魚、東坡羹就是流傳千古的名菜。由於東坡愛吃，因此流傳許多軼聞趣話，也留下了不少與飲食相關的創作，如本單元所選的〈丁公默送蝤蛑〉、〈蜜酒歌・并敘〉、〈杜介送魚〉等。綜觀蘇軾一生，就是一趟行遍中國的旅程，從四川到開封，開封到杭州、密州、徐州、湖州、惠州、儋州，足跡踏過了大半個北宋領土。〈丁公默送蝤蛑〉一詩，王文誥繫於一〇七九年，就是蘇軾在湖州時所作。蘇軾於此詩中描述梭子蟹的外型、吃蟹的情境以及對蟹的喜好，更自嘲是「饞太守」。〈蜜酒歌〉一詩，王文誥繫於一〇八二年，為蘇軾謫居黃州時作。這次的貶謫是東坡政治生涯的重大挫敗，在僻地的窮苦生活中，引發了詩人孤獨心靈的震盪，因此留下了「揀盡寒枝不肯棲，寂寞沙洲冷」的喟嘆。但蘇軾知命樂天的人格特質，使他即便再被貶謫到更遠的惠州、儋州，還能吟詠出「此心安處是吾鄉」的達觀句子。東坡天性曠達，每到一個地方，都能夠從中找到自適之處，謫居黃州時亦然。〈蜜酒歌〉敘述了他依照西蜀道士楊世昌所贈方子來釀蜜酒的過程，詩中說道「三日開甕香滿城」、「甘露微濁醍醐清」。然根據北宋葉夢得《避暑錄話》中的記載，這次釀蜜酒並不成功，書中記道：「蘇子瞻在黃州作蜜酒，不甚佳，飲者輒暴下，蜜水腐敗者爾。嘗一試之，後不復作。」東坡這次所釀蜜酒不但「不甚佳」，更造成飲酒者腹瀉中毒。今日已然無法考證《避暑錄話》記載的真偽，但無論釀酒成功或失敗，都無妨東坡體會出「世間萬事真悠悠」。在貶謫異地中仍可悠然自得，就是東坡式的閒適情懷。〈杜介送魚〉繫於一〇八七年，為返回開封時作，詩中敘述妻子烹調好友杜介所送來的鮮魚，孩子天真地尋找魚腹中的信稿。然而蘇軾以鮮魚為引，進一步神遊江南，懷想著「松江煙雨晚疏疏」，將飲食詩提升至更高的境界。

第五篇為焦桐的飲食散文〈川味紅燒牛肉麵〉，收錄在《臺灣味道》一書中。本文考索了川味紅燒牛肉麵在臺灣的起源，記述各家名店之特色，並將飲食與存在加以連結，融合了味覺與情感，展現獨特的飲食美學。此文偏向旁觀者的書寫，較為客觀地記述牛肉麵的滋味。

第六篇為韓良露的〈懷念從前味〉，收錄在《美味之戀——人在臺北，玩味天下》一書中。本文書寫時融入了己身對於餛飩、豆花與麵茶的記憶，為了突顯這份深刻難忘，她細細地描述食物外觀、口味、攤位模樣以及老闆的長相。此文是從個人情感出發，繪寫記憶中的味道。

〈戒單〉

袁枚

作者

袁枚（一七一六—一七九八年），字子才，號簡齋，浙江錢塘人。擅長詩文、駢體，才華洋溢。辭官後居住於江寧小倉山，築隨園自居，世稱「隨園先生」。著有《小倉山房詩文集》、《隨園詩話》、《子不語》、《隨園食單》等。袁枚的文學觀念強調「性靈」，也就是抒發性情，正如他曾說道：「若夫詩者，心之聲也，性情所流露者也。」這樣的文學觀念反映在生活上，即是追求閒情逸致、反對禮教束縛。雖然引來放蕩的批評，但確實是展現不拘於格的處世精神。

課文

戒單

為政者興一利，不如除一弊，能除飲食之弊則思過半矣。作〈戒單〉。

戒外加油

俗廚制菜，動熬豬油一鍋，臨上菜時，勺取而分澆之，以為肥膩。甚至燕窩至清之物，亦復受此玷汙。而俗人不知，長吞大嚼，以為得油水入腹。故知前生是餓鬼投來。

戒同鍋熟

同鍋熟之弊，已載前「變換須知」一條中。

戒耳餐

何謂耳餐？耳餐者，務名之謂也。貪貴物之名，誇敬客之意，是以耳餐，非口餐也。不知豆腐得味，遠勝燕窩；海菜不佳，不如蔬筍。余嘗謂雞、豬、魚、鴨，豪傑之士也，各有本味，自成一家。海參、燕窩，庸陋之人也，全無性情，寄人籬下。嘗見某太守宴客，大碗如缸，白煮燕窩四兩，絲毫無味，人爭誇之。余笑曰：「我輩來吃燕窩，非來販燕窩也。」可販不可吃，雖多奚爲？若徒誇體面，不如碗中竟放明珠百粒，則價值萬金矣。其如吃不得何？

戒目食

何謂目食？目食者，貪多之謂也。今人慕「食前方丈」之名，多盤疊碗，是以目食，非口食也。不知名手寫字，多則必有敗筆；名人作詩，煩則必有累句。極名廚之心力，一日之中，所作好菜不過四五味耳，尚難拿準，況拉雜橫陳乎？就使幫助多人，亦各有意見，全無紀律，越多越壞。余嘗過一商家，上菜三撤席，點心十六道，共算食品將至四十餘種。主人自覺欣欣得意，而我散席還家，仍煮粥充饑。可想見其席之豐而不潔矣。南朝孔琳之曰：「今人好用多品，適口之外，皆爲悅目之資。」余以爲肴饌橫陳，熏蒸腥臊，口亦無可悅也。

戒穿鑿

物有本性，不可穿鑿爲之。自成小巧，即如燕窩佳矣，何必捶以爲團？海參可矣，何必熬之爲醬？西瓜被切，略遲不鮮，竟有制以爲糕者。蘋果太熟，上口不脆，竟有蒸之以爲脯者。他如《尊生八箋》之秋藤餅，李笠翁之玉蘭糕，都是矯揉造作，以杞柳爲桮棬❶，全失大方。譬如庸德庸行，做到家便是聖人，何必索隱行怪乎？

❶以杞柳為桮棬：典出《孟子・告子上》，為告子語，用以討論「仁內義外」之哲學命題，此處指破壞某物之本性以作為他物。

戒停頓

物味取鮮，全在起鍋時極鋒而試，略爲停頓，便如霉過衣裳，雖錦繡綺羅，亦晦悶而舊氣可憎矣。嘗見性急主人，每擺菜必一齊搬出。於是廚人將一席之菜都放蒸籠中，候主人催取，通行齊上。此中尚得有佳味哉？在善烹飪者，一盤一碗，費盡心思；在吃者，鹵莽暴戾，囫圇吞下，眞所謂得哀家梨❷，仍復蒸食者矣。余到粵東，食楊蘭坡明府鱔羹而美，訪其故，曰：「不過現殺現烹、現熟現吃，不停頓而已。」他物皆可類推。

戒暴殄

暴者不恤人功，殄者不惜物力。雞、魚、鵝、鴨，自首至尾，俱有味存，不必少取多棄也。嘗見烹甲魚者，專取其裙而不知味在肉中；蒸鰣魚者，專取其肚而不知鮮在背上。至賤莫如腌蛋，其佳處雖在黃不在白，然全去其白而專取其

❷哀家梨：相傳漢朝哀仲善於種梨，果大味美。故以「哀家梨」或「哀梨」指稱美味之梨或美食。

黃，則食者亦覺索然矣。且予爲此言，並非俗人惜福之謂，假使暴殄而有益於飲食，猶之可也；暴殄而反累於飲食，又何苦爲之？至於烈炭以炙活鵝之掌，剸刀以取生雞之肝，皆君子所不爲也。何也？物爲人用，使之死可也，使之求死不得不可也。

戒縱酒

事之是非，惟醒人能知之；味之美惡，亦惟醒人能知之。伊尹曰：「味之精微，口不能言也。」口且不能言，豈有呼呶酗酒之人，能知味者乎？往往見拇戰之徒，啖佳菜如啖木屑，心不存焉。所謂惟酒是務，焉知其餘，而治味之道掃地矣。萬不得已，先於正席嘗菜之味，後於撤席逞酒之能，庶乎其兩可也。

戒火鍋

冬日宴客，慣用火鍋，對客喧騰，已屬可厭；且各菜之味，有一定火候，宜文宜武，宜撤宜添，瞬息難差。今一例以火逼之，其味尚可問哉？近人用燒酒代炭，以爲得計，而不知物經多滾，總能變味。或問：菜冷奈何？曰：以起鍋滾熱之菜，不使客登時食盡，而尚能留之以至於冷，則其味之惡劣可知矣。

戒強讓

治具宴客，禮也。然一肴既上，理直憑客舉箸，精肥整碎，各有所好，聽從客便，方是道理，何必強讓之？常見主人以箸夾取，堆置客前，污盤沒碗，令人生厭。須知客非無手無目之人，又非兒童、新婦，怕羞忍餓，何必以村嫗小家子之見解待之？其慢客也至矣！近日倡家，尤多此種惡習，以箸取菜，硬入人口，有類強姦，殊爲可惡。長安有甚好請客，而菜不佳者，一客問曰：「我與君算相好乎？」主人曰：「相好！」客跽❸而請曰：「果然相好，我有所求，必允許而後起。」主人驚問：「何求？」曰：「此後君家宴客，求免見招。」合坐爲之大笑。

❸跽：長跪。

戒走油

凡魚、肉、雞、鴨，雖極肥之物，總要使其油在肉中，不落湯中，其味方存而不散。若肉中之油，半落湯中，則湯中之味反在肉外矣。推原其病有三：一誤於火太猛，滾急水乾。重番加水；一誤於火勢忽停，既斷復續；一病在於太要相度，屢起鍋蓋，則油必走。

戒落套

唐詩最佳，而五言八韻之試帖，名家不選，何也？以其落套故也。詩尚如此，食亦宜然。今官場之菜，名號有「十六碟」、「八簋」、「四點心」之稱，有「滿漢席」之稱，有「八小吃」之稱，有「十大菜」之稱，種種俗名皆惡廚陋習。只可用之於新親上門，上司入境，以此敷衍；配上椅披桌裙，插屏香案，三揖百拜方稱。若家居歡宴，文酒開筵，安可用此惡套哉？必需盤碗參差，整散雜進，方有名貴之氣象。余家壽筵婚席，動至五六桌者，傳喚外廚，亦不免落套，然訓練之卒，範我馳驅者，其味亦終竟不同。

戒混濁

混濁者，並非濃厚之謂。同一湯也，望去非黑非白，如缸中攪渾之水。同一鹵也，食之不清不膩，如染缸倒出之漿。此種色味令人難耐。救之之法，總在洗淨本身，善加作料，伺察水火，體驗酸鹹，不使食者舌上有隔皮隔膜之嫌。庾子山[4]論文云：「索索無真氣，昏昏有俗心。」是即混濁之謂也。

戒苟且

凡事不宜苟且，而於飲食尤甚。廚者，皆小人下村，一日不加賞罰，則一日必生怠玩。火齊未到而姑且下咽，則明日之菜必更加生。真味已失而含忍不言，則下次之羹必加草率。且又不止空賞空罰而已也。其佳者，必指示其所以能佳之由；其劣者，必尋求其所以致劣之故。鹹淡必適其中，不可絲毫加減；久暫必得其當，不可任意登盤。廚者偷安，吃者隨便，皆飲食之大弊。審問愼思明辨，爲學之方也；隨時指點，教學相長，作師之道也。於是味何獨不然？

❹庾子山：庾信，字子山，世稱庾開府。為南北朝最重要的文學家之一，有《庾子山集》傳世。

問題與思考

1. 從〈戒單〉中可以歸納出袁枚的哪些飲食觀念呢？
2. 袁枚使用哪些比喻來加強自己的論證呢？

〈小飯桶與小飯囚〉

顏崑陽

作者

顏崑陽（一九四八年—），嘉義人，臺灣師範大學國文研究所博士。前後在高雄師範大學、淡江大學、中央大學、東華大學等校中國文學系任教，並曾擔任東華大學人文社會學院院長，現為淡江大學中國文學系專任教授。顏教授兼擅文學創作與學術研究。文學創作，以古典詩及現代散文、小說為主，曾獲得中興文藝獎章、中國文藝獎章以及中國時報、聯合報的文學獎。其創作成果為現代文學研究者重點研究之對象。學術研究，涵養深厚而博通，擅長的學術領域相當廣，如中國古典美學、文體學、詩詞學、文學史理論、文學批評史等。著有散文集、小說集、古典詩集、學術專著共二十餘種。

課文

那日午後，我們一家人走過市場的角落。一個臉皮黝黑的婦人蹲坐在地上，面前擺著兩只籮筐。妻突然眼睛發亮，叫著說：「呀！田螺。」她俯頭看看跟在身旁的一對兒女，毫不討價還價的就買了兩斤。

「我要煮給默默和圈圈吃，很有趣！讓他們用牙籤一顆一顆挑出肉來，有趣極了。」

妻開始愉悅地訴說著，小時候沒有許多零嘴好吃，經常盼望的是：祖母煮鍋田螺，孩子們人手一盤，排坐在屋簷下，用牙籤挑出螺肉，一顆一口。「你知道那有多美嗎？」她彷彿歷經三十年還餘味猶存的舔舔嘴巴。

然而，一九九四年夏天，那日的傍晚，女兒默默與兒子圈圈並坐在飯桌前，十多分鐘過去了，一盤田螺卻只被吃掉了幾個。「好吃，捨不得吃嗎？」妻等待著他們的回答：「對呀！」但是，孩子卻苦著臉，說：「媽，我們可以不吃了嗎？」

我看到妻的眼神，先是驚詫，繼而失望，最後則是一片惘然。「假如是漢堡、薯條，你們可就吃得高興了吧！」妻有些無奈地嗔責；孩子卻嘻皮笑臉地說：「對呀！」

我們對看一眼，搖搖頭，沉默地把一大盤田螺吃完，的確猶有童年的餘味。「時代眞變得離譜了」，妻恍然從懷舊夢中醒來。

其實，我早就從飯桌的「罵聲」中，驚覺到時代變了。自孩子懂得拿筷子吃飯開始，便時常聽到或出自於妻或出自於我的「罵聲」：「這樣也不吃，那樣也不吃，你們究竟要吃什麼！」

孩子們對著滿桌飯菜卻皺著眉頭，哀求說：「再吃一口就好，可以嗎？」我忽然覺得他們眞像一對小囚徒，被監禁在用飯菜砌成的牢獄中，不知該如何脫困。「罷了，小飯囚，去玩吧！」他們如逢大赦地逃離飯桌。

瞪著這對「小飯囚」的背影，我的瞳孔突然閃過另一幅雖已陳舊卻猶然清晰的圖像：

讓時間倒回一九五○年代吧！場景也全然與現在不同，沒有漂亮潔淨的餐廳，沒有古雅的柚木飯桌，當然也沒有色香撩人的菜餚。九○年代的「小飯囚」們根本無法想像那時候飯桌上的情景——瓜棚下擺著一條長板凳；凳面擺著一鍋彷彿蚯蚓虯結的番薯籤撈飯，鍋邊擺著一碗公的醬燒魚，凳旁列坐著一家七口人。

穿短褲、裸露上身的父親，背脊很像炭烤的魷魚，他正嚴肅地瞪著蠢蠢欲動的孩子們。母親比較和藹，滿是汗漬的臉龐，剛走出廚房，還黏著斑駁的草灰。她微笑著說：「眞像一群餓鬼！」

五個小傢伙，四顆光頭，一顆西瓜皮頭，臉上共同的特色是：汗珠和著泥粉渲染出一幅「平林漠漠煙如織❶」的水墨畫。其間兩泓秋水，天光反照，正炯炯然射向凳上的那碗醬燒魚。

「眼珠別瞪了，吃吧！」父親終於開口。

二弟起筷如飛，搶到兩尾最肥大的鯽魚，大哥、四弟身手也不錯，各有收穫，三妹在母親的幫助下，還不致空碗，但弱小的么弟筷子只伸了一半，碗裡便只剩醬湯以及一些零碎的魚肉了。他兩眼一紅，哇的哭出來。公正的父親猛瞪二弟，他只好乖乖地讓出一條魚。

❶平林漠漠煙如織：唐代曲子詞〈菩薩蠻〉首句，舊傳李白所作。漠漠，廣闊布列的樣子。

「連死人骨頭都啃下去，唉！這群小飯桶。」父親總是這樣喟然地罵著。從一九五〇到一九九〇，當年「筷法如神」的「小飯桶」們都已作了父親。吃飯的地方從瓜棚移到裝潢得很漂亮的餐廳，長板凳換成匠心設計的柚木桌子。桌上擺的是當年不容易吃到的白米飯，以及好幾道烹調精緻的菜餚，然而，罵聲卻由「小飯桶」變為「小飯囚」哩！

我知道，那個年代，母親最大的快樂是：看著「小飯桶」們筷影交錯，碗盤如洗，而最大的煩惱則是要如何弄到更多的米菜，才能填滿這一口一口彷佛無底的飯桶！這個年代，我知道，妻最大的煩惱卻是，究竟要變出什麼花樣，才能讓這對「小飯囚」高興地伸出筷子，而她最大的快樂，也就是小傢伙們不再把餐廳當作牢獄！

我曾經是「小飯桶」的佼佼者，當然明白在匱乏之裡，只有好好地運用自己的腦筋和手腳，才能掙到快樂，而快樂卻往往被藏在一座鎖著許多道鐵門的城堡中，我們總是興味盎然地找尋開門的鑰匙。而今，「小飯囚」們還沒動腦筋、伸手腳，就已經有人把「快樂」盛在盤中端到面前來，但是，他們卻搖搖頭說：「夠膩了！」然則再問他們：「你究竟想要什麼？」他們還是搖搖頭說：「我也不知道呀！」

其實，當年「小飯桶」們很嚮往能過著像「小飯囚」那樣的生活，要什麼就有什麼，但是，他們卻無法一步跨越幾十年的歲月。如今，他們所嚮往的生活，已經眞的擺在「小飯囚」們面前了，而「小飯囚」們卻似乎並沒有過得比「小飯桶」快樂。這不禁讓人迷惘起來，「快樂」究竟是個什麼滑溜溜的東西，要如何才能抓住呢？

時代的演變，其實就是人們捕捉「快樂」而向前奔馳的足跡。「快樂」是在「匱乏」中追求到「豐足」的那種感覺，當人們盲目地向前狂奔，闖入一片豐足之地，卻遺忘了曾經匱乏的滋味，那麼，豐足所帶來的便只是饜膩之後的反胃罷了。

假如可能，我應該讓「小飯囚」們飢餓三日，然後再煮一盤田螺，看他們是否也「筷法如神」。時代再這樣的變下去，這種情形或許會成爲眞實，而不僅是「假如可能」。問題是：「小飯囚」們會這樣覺得嗎？

問題與思考

1. 請描述你生命中印象最深刻的一餐。
2. 請問你心中的「美味」與「快樂」定義是什麼呢？

〈北京〉

郝譽翔

作者

郝譽翔（一九六九年——），祖籍山東平度，生於高雄，長於臺北，臺灣大學中文系博士，曾在東華大學中文系任教，並曾任金馬獎、金鐘獎及各大文學獎評審，現為中正大學臺文所教授，兼擅文學創作與學術研究。文學創作，包含小說、散文與劇本，曾獲聯合文學小說新人獎、時報文學獎、中央日報文學獎新人獎、臺北文學獎、華航旅行文學獎，其創作成果為現代文學研究者重點研究之對象。此外，《松鼠自殺事件》獲新聞局優良電影劇本獎，由吳米森改編為電影，小說《逆旅》被改編為舞臺劇演出，《溫泉洗去我們的憂傷——追憶逝水空間》獲得金鼎獎。學術研究擅長儀式戲劇與現代文學。著有小說集、散文集、劇本、學術專著近二十種。

課文

看著自己的房，自己的兒孫，和手植的花草，祁老人覺得自己的一世勞碌並沒有虛擲。北平城是不朽之城，他的房子也是永世不朽的房子。

——老舍《四世同堂》

在北京的北方，是綿延不斷的山巒。越過白河、黑河和燕山山脈，就是蒙古塞外。

一般遊客很少到達那裡。但事實上，那一帶的山巒層層疊嶂，非常地壯美，我甚至覺得，還要遠勝過中國南方的山水。尤其是在距離北京大約五、六個小時車程的京北大草原，當地的人稱之爲「垻上」，青綠的山脈綿延不斷，柔軟的草地，池塘流水，閃閃發光，棕色的馬群漫步其上，構築成一幅人間仙境似的畫面，簡直讓人忘了自己是身在中國，或者應該是說，在那一刻，我才恍然大悟，原來中國不只是長江三峽、滾滾黃河而已，居然還有一個如此美麗的地方。

著迷於塞北一帶景色的，還有二十世紀捷克最著名，也是最具有影響力的漢學家雅羅斯拉夫・普實克（Jaroslay Prusek）。一九三〇年代，普實克來到中國，居住了好長一段時間，與魯迅、茅盾、郭沫若、冰心、齊白石等文人結成好友。在《中國・我的姊妹》一書中，他回憶自己住在北京時，至少每兩個星期一次，而每次都會花上三、四天，投身在北京北郊的這片山巒之中。普實克形容：那是「山的海洋」，又像是「一座碩大無朋的幻想迷宮」，它層次分明，卻又和諧統一，而類似的景色，他在歐洲從來沒有看到過。當置身於這片「山的海洋」時，他也不禁要感慨起來：「在這個空曠的、乾涸的、無邊無際的迷宮中，一個人是如此地微不足道，就像大海中的一滴水。」

在山的海洋上

普實克將塞外的山巒比喻成爲「海洋」，果然是十分地貼切。每當我攀上了長城的碉堡，站在峰頂，極目眺望，確實會忽然興起了一種超現實的錯覺：以爲環繞四面八方的不是山，而是大海的波浪——在一瞬間遭到了凍結的波浪。

不過，很可惜的是，這如夢似幻的美麗山色，卻很少有人去述說它、去體驗它。我想，這不是因爲陌生的緣故——對於絕大多數的中國人而言，「塞外」這個詞彙幾乎是耳熟能詳，然而很少去提它，更大的原因應該是：只要一提起「塞外」，中國人的內心就好像自動升起了一道防衛線似的，不由自主，從集體潛意識中浮現了對於北方的恐懼，總覺得一到了那裡，便是禁忌，便是嚴酷的殺戮戰場，危機四伏，隨時都會有蠻族出沒，虎視眈眈地想要侵略中原。

長城，正是這一道防線和禁忌的具象化。

長城的防禦功能究竟有多少呢？翻開歷史，便會知道很值得懷疑。但長城不可動搖的象徵意義，卻已經在中國累積了千年之久。關於長城的故事，多半是不快樂的、恥辱的、悲壯的，是「飲馬長城外」的傷心訣別，還有「孟姜女哭倒長城」的悲涼，是安祿山的叛變，「漁陽鼙鼓動起來，驚破霓裳羽衣曲，九重城闕煙塵生，千乘萬騎西南行❶。」還有〈圓圓曲〉中吳三桂的「痛哭六軍皆縞素，

❶千乘萬騎西南行：出自白居易〈長恨歌〉。

衝冠一怒爲紅顏」。當然，還有大家從小都會唱的一首歌：〈長城謠〉。

許多年前，我第一次到長城去玩，同行的人十分興奮，坐在遊覽車中，眼看著長城就要到了，大夥兒便起鬨著，要唱一首關於長城的歌，而馬上想到的便是〈長城謠〉。於是我們想也沒有多想，就張口大唱起來。

「萬里長城萬里長，長城外面是故鄉。高粱肥，大豆香，遍地黃金少災殃。自從大難平地起，姦淫擄掠苦難當，苦難當，奔他方，骨肉離散父母喪……」大家不禁越唱越小聲，不知道爲什麼一趟快樂的旅行，竟然會唱出一首如此喪氣的歌來——唉，都是長城惹的禍！

一提起長城，中國人的心情竟是矛盾而複雜的。在二十多年前，轟動中國一時的紀錄片《河殤》，談到長城時，只能夠用「咬牙切齒」四個字來形容，影片中用充滿了激情的口白，吶喊著：「假使長城會說話，它一定會老老實實告訴華夏子孫們，它是由歷史的命運所鑄成的一座巨大的悲劇紀念碑。它無法代表強大、進取和榮光，它只代表著封閉、保守、無能的防禦和怯弱的不出擊。由於它的龐大和悠久，它還把自詡自大和自欺欺人深深地烙在了我們民族的心靈上。呵，長城，我們爲什麼還要謳歌你呢？」

當中國人赫然發現，原來眞正可怕的敵人，不是騎著馬匹、出沒在北方的遊牧民族，而是駕著船，橫渡大海而來的小日本和洋鬼子時，中國轉過身去，注視海洋，擁抱所謂的「藍色文明」，而長城的重要性便被迅速地削弱了，鄙棄了，遺忘了。如今的長城，只不過是一個觀光的符碼，或是印在香菸盒或信用卡上的商標。「不到長城非好漢，不吃烤鴨最遺憾。」這是每個觀光客都會說的順口溜——把悲壯的長城，和肥美的烤鴨串連在一起，雖然不倫不類，但卻也發揮了一場油膩膩的、鬧哄哄的中國式喜感。

老祖宗修築長城的舉動，現在想起來，只有荒唐、可笑，甚至是被當成了中國人先天上的心理障礙，文明之所以衰弱不前的鐵證。《河殤》甚至還以嘲諷的語氣，說：「我們祖先永遠無法超越土地和農業，他們最奇偉的想像和最大膽的舉動，都只能是修長城！」因此到了二十一世紀，已經很少人會再去崇拜長城了，一輛接著一輛的遊覽車，運送觀光客到八達嶺、居庸關，他們搭上纜車，咻地一下就登上了牆頭。長城變成了一條長長的黑色蜈蚣，上面洶湧著無數的頭顱，還不時冒出旅行團呼天搶地的叫喚聲，以及導遊手中的彩色小旗幟。

站在這裡，已經很難感受到普實克所說的：迷宮一般的山的海洋，以及人宛如一滴水珠，落入大海中的微不足道了。

野長城

也因此，我獨獨鍾情於「野長城」的風光。

所謂「野長城」，指的是還沒有修復完善的長城，一般遊客難以到達，比較著名的有「司馬臺」、「黃花城」以及「箭叩長城」這幾段，當然，還有許多叫不出名字的斷垣頹壁，蜿蜒曲折，孤伶伶地盤踞在山巔上或是水涯。

冬天一來，野長城上滿牆的樹木，都變成了銳利的枯枝，人一走過，就會發出劈里啪啦的聲響。而到了夏天，卻又會換上一番顏色，充滿生命力的青翠綠葉和樹藤，爬滿了石磚的縫隙。我在野長城上面爬著、爬著，經常需要手腳並用，披荊斬棘，有時候突然之間，一塊數公尺高的巨石就會矗立在眼前，也不知道它究竟是打從哪裡冒出來的，而人如果想要穿越過去，就得要先做好心理準備，挺身，縮腹，深呼吸，抓好重心，再從僅容側身的縫隙之間鑽入，只怕自己腳下一個踩空，沒有站穩，就會隨著呼嘯而過的山風，一起墜落到底下的萬丈深谷。

據說，有好多人在爬野長城時不慎失足摔死了。這些傳聞雖然嚇人，但是它獨特的風光，卻仍舊吸引了許多熱愛冒險的人前來。我來到箭叩長城時，恰好遇見一大群白人大學生，他們雇驢隊托運行李，找到一塊比較寬敞的城牆，便就地紮起帳棚，野營起來。風呼呼地在我耳邊吹過，我不禁想像著，當夜晚來臨時，野長城上面會變成什麼模樣呢？還會有農民傳說中的老虎大蟲，或者是狼群出沒嗎？如今，應該只剩下一片遼闊的黑暗、孤獨與寂寞了吧！

不要說夜晚，就連白天站在野長城上，那種無邊無際的孤獨之感，就已經迎面襲來，幾乎要把人悄悄地吞沒。「大海中的一滴水。」我心中反覆唸起普實克的句子。「一個人是如此地微不足道，就像大海中的一滴水。」原來，長城真正偉大的地方，並不是在於它的高大，或者險峻，而是在於它的綿延不盡，不管是舉頭望向哪裡，都可以看見長城那一道狹長的、淡褐色的身影，彷彿是非常謙卑地，但卻又神出鬼沒似地，從山的海洋中浮現了出來。

眼看著，長城似乎已經到達盡頭，但是一側身，我卻又見到它，突然從另外一座山頭上冒了出來，幽幽地、綿綿密密地，如蠶在吐絲一般，就是非得要把北京，甚至是整個中國包圍起來不可。

我非常好奇，到底有沒有人把長城從頭到尾走完一遍呢？我甚至興起了：「乾脆走它一遍吧」的念頭，而這個念頭雖然瘋狂，卻還遠遠比不上建築長城的人——我們的老祖宗更加地瘋狂。建長城，雖然代表中國人的封閉、自大和愚昧，不過，我們如果換個角度去想，卻會發現：中國人確實是一個有趣而且奇妙的民族，他看似保守、中庸、封閉、謙讓，但是當他一旦決心要瘋狂起來，卻也是舉世無雙的，全世界沒有任何一個民族可以比得上。

在卡夫卡和波赫士的小說中，都以中國人做爲野心家的代表，不管是秦始皇建長城，要把中國圍起來；乾隆皇帝修四庫全書，想將天底下的書一網打盡；到毛澤東的文化大革命，十億人民陷入集體的失憶和歇斯底里，要把傳統文化連根拔起……，人類歷史上最不可思議的企圖和野心，竟全都發生在這個自居是世界中心的國家。

我站在野長城的峰頂，感到長城彷彿也有了自己的生命，有了呼吸，而他正匍匐在柔軟的山之海洋上，不斷地伸長了他的手臂，瘋狂又悲壯地，擁抱住身底下這片古老的大地。

農家樂

在野長城的山腳下，散落著幾座小小的農村。

這些農舍都是典型的北方土屋，多半長得一模一樣，十分地含蓄，毫不張揚，也沒有多餘的裝飾，屋脊的線條就是一筆畫下，像是被刀子切過一般地直爽、乾淨、俐落。遠遠看起來，這些屋子彷彿是從土地中長出來、生了根似的，就和旁邊的一棵樹、一株玉米、一根麥穗沒有多大的差別，讓人看了，便要忍不住地感到一陣和平與歡喜。

住在村子裡面的農民，自稱是修築長城工匠的後裔，世世代代，都仰賴這一條長城來維生。如今，已經不再需要修築長城了，但農民的腦筋也轉得很快，改靠觀光旅遊來發財。當我們從箭叩長城走下去時，已經是傍晚了，天色一片昏暗，一户農家邀請我們進去喝茶，歇歇腳。走到院子裡，首先看到的是一株茂盛的香椿樹，大家圍著那株樹，先是讚美了好一會兒，然後才進到屋子裡面。就和普通的農家沒有什麼兩樣，屋子裡有一張大炕，炕上鋪著紅色的棉被，而炕邊擺著一張圓的餐桌。他們正準備吃晚餐，桌上擺著幾碟黑呼呼的菜，有老玉米、土豆和青菜。我吃了一根老玉米，乾巴巴的，但是卻很耐咀嚼，吃了以後，滿嘴久久都是穀物的清香。

農家裡唯一的裝飾品，就是牆壁上懸掛的一整排箭叩長城的照片，春、夏、秋、冬，各自呈現不同的風貌，照片的色彩雖然有一些俗豔，但攝影的手法卻很專業。現在，這些農民不但種田，還兼當登山嚮導、搞長城攝影、農家菜、提供民宿等等，靈活的多元化經營方式，讓我非常地吃驚。不過，這些貌不起眼的農家不懸掛招牌，也不印發傳單，那怎麼做廣告行銷、吸引遊客呢？

「我們不做廣告，」農民大叔一副很有自信的模樣：「我們架了網站。」喔，聽大叔這麼一說，我忍不住敲自己腦袋一下：我眞是太落伍了，都什麼年代了，還在做廣告？在科技年代中，這些農民雖然住在荒山野嶺，卻早就不再與世隔絕，不管是在西藏的鄉間、陝北的山溝，或是黃山的峰頂，手機或網路都一向暢行無阻，無遠弗屆。這簡直已經成爲中國足以向全世界誇耀的一項奇蹟。「中國移動手機卡，一邊種田一邊打。」我以爲，通訊產業的發達，恐怕要比共產主義更厲害，將爲中國帶來一波眞正的農村無產階級革命吧！

整個中國的未來，不也正繫之於這一群腦筋靈活、苦幹實幹的農民身上嗎？而不是一群躲在都市辦公大廈裡的白領。和中國的農民接觸得越多，我就越發現，他們一點都不愚昧、不保守，更不是一般人刻板印象中的文盲，相反的，農民精明的商業頭腦，經常會讓城裡的人招架不住，不敢輕易和他們打交道。只要親身走過農村一遍，便會馬上體認到：原來這裡才眞正是一個資本主義的天堂。華爾街量子基金的創辦人Jim Rogers，便記述一九八八年他第一次騎車遊歷中國時，在西部的沙漠中認識了一位紀姓農民，紀後來轉業經商，十年後，他便擁有了一間工廠、數家餐廳和旅館，而沙漠中也築起了好幾條收費的高速公路，Jim Rogers的結論是：中國人自稱是共產黨人，但他們才是世界上最優秀的資本主義信徒。

中共政府顯然也知道農民的潛力，這幾年來，爲了拉近城鄉的差距，大力發展農村觀光，於是「農家樂」的口號，從北方喊到了南方，從東邊流行到了西邊，從江南古民居，一路流行到塞北的牧民，全中國幾乎沒有任何一個角落被放過。每到週末假日，城市人一窩蜂的跑到農村去觀光旅遊，而農民也不含糊，一個個都發揮驚人的創意和生意頭腦，農夫變成了廚師，小姐變成了導遊，歌舞表演，美食佳餚，騎馬射箭，樣樣都行得通。「農家樂」可以是「城市人樂」，但同時也可以是「農家樂」，而且驚人的是，在這樣的商業行爲之中，城裡的人很難介入去分一杯羹。

看到「農家樂」的景象，我實在很難再對中國的未來感到悲觀。雖然城鄉落差、貧富不均的問題，仍舊十分地嚴重，但憑著農民的韌性和聰明，我便直覺感到，他們一定有辦法去突破困境的。尤其是當我看到農民在料理「農家菜」時，更不禁要讚嘆，他們簡直就是一群神奇的魔術師。

中國人的好吃，舉世聞名，不但都市人好吃，越是到窮鄉僻壤，農民招待客人時，更是吃得毫無節制，大魚大肉，山珍海味，一頓飯下來，起碼要端出二十道菜不止。他們非常喜歡把盤子疊上盤子，雞、鴨、魚、肉、山果、菜蔬，全都壓成了一座小山。所以這個國家怎麼會貧窮呢？我非常納悶。據說，以前大陸人吃的都是共產黨的公款，但如今政策越來越嚴格了，大陸人吃喝的習性卻一點兒都沒改，還變本加厲，我和他們吃飯，兩個人往往就可以點上七、八道菜，還要再加上甜點、酒水飲料。一位北京的記者告訴我，有一次，她請外國的朋友吃飯，最後，外國人忍不住問了：「妳到底一個月工資有多少？可以這樣大吃大喝？」當女記者這樣說時，我也忍不住脫口而出：「沒錯，我也很好奇，……」

如今中國最流行的吃，卻不是西方美食，而是農家菜。西餐在中國的接受程度，一直不高，我想，這應該和中國人喜歡大吃大喝的習性有關，而農家菜，恰好抓住了中國人的胃口。農家菜的料理非常簡單，一點都談不上精緻，但是食材便宜又新鮮，現宰、活殺，烤羊，燉雞，紅燒肉，煮魚，炒雞蛋，黃瓜，涼菜，再加上田野的風光，一群人坐在大自然的山水之中，吃喝起來，眞是好不愜意！於是這一幅「農家樂」的盛宴，便成了都市人最流行的假日休閒。

有趣的是，農民做「農家菜」，果眞也是土法煉鋼，絕對沒有城市的廚師跑來冒充的。我到京北大草原時，吃的是現宰現烤的全羊大餐，我眼睜睜看著一隻活羊被倒吊起來，當場現殺，放血，剝皮，分切，然後再一塊塊放到烤架上，升火炭烤，烤的時候，架子上的羊肉居然還在不停地抽搐著，抖動著。

「哇！還是活的呢！」我大吃一驚，喊出來，但才一說完，就覺得自己好蠢，這隻羊已經被大卸成好幾塊了，眼前只是一條羊腿，怎麼會是活的呢？不過，我又立刻想到，據說人的頭被砍下來時，掉在地上，眼珠子還會眨動呢，所以……「唉呀，這隻羊眞的還活著！」我不禁倒退了一大步，覺得非常恐怖。

「不是活的。」站在我旁邊的農家小女孩，嗤嗤笑了出來：「那是羊肉的神經在抽動。」

神經？我半信半疑。整個烤羊的過程實在有點殘忍，但我卻必需承認，當羊肉烤好，端上桌子時，大咬一口，那股滋味眞的鮮美極了，聞不到一點腥羶，而且奇怪的是，農民似乎沒有添加特別的醬料，但肉味卻香甜多汁。難怪他們說，到了週末假日，就是京北大草原羊群的末日，唯有「血流成河」四個字可以形容。城市人跑到鄉下，敞開肚子吃啊、喝啊，而在一片「農家樂」的歡笑聲之中，僥倖存活下來的羊群，也只能躲在一旁去瑟瑟發抖。

不過，當我到農家的廚房參觀時，才更是嚇了一大跳，骯髒混亂不說，黃瓜擺在缺了口的瓷碗裡，廚餘和一把無精打采的青菜、肉塊全都擱在一起，幾乎分不出等一下要下鍋快炒的，到底是哪一盤？不過，這些我們都無須去管，只要乖乖地坐到桌子旁邊，不到十分鐘之後，農民居然可以從廚房中，端出一盤又一盤熱氣騰騰、香氣撲鼻的菜餚，而且更神奇的是，也沒有人把菜吃下肚子之後，會食物中毒。我對他們很有信心，因爲我在中國各地，從高級的餐廳吃到路邊的小攤，就從來沒有吃壞肚子過。

我到黃河的壺口瀑布，也曾經有過類似的經驗。當地最有名的特產是黃河鯉魚，不過，或許是地處偏僻，沒有什麼遊客，座落在黃河邊上的一整排小餐館，每一間都空空蕩蕩的，見不到一個人影。我們就好像是踏入了宮崎駿電影《神隱少女》中的場景似地，隨意走入一間餐廳，不但悄無人聲，桌子上還蒙了一層薄薄的灰塵，別說碗筷菜渣了，這裡就連一隻蒼蠅都沒有，我探頭看了看廚房，看不見一根蔥、蒜、菜葉，甚至是一片魚鱗，唉，我只好打消吃魚的念頭，正想要轉身就走時，忽然，一個農民模樣的男人從外面走了進來，渾身髒兮兮的。

「有鯉魚嗎？」我問。

「有，要吃什麼都有。」他說。

「騙人，我剛才看到廚房了，啥都沒有。」

「咋說啥都沒有？」男人大聲說，走到廚房，不知從哪兒就變出一把青菜，還有幾顆番茄和雞蛋。「想吃鯉魚，我馬上就給妳拿去。」

「眞的有？」我很懷疑。

「有。」他一個勁兒地點頭，然後走出門，過沒三分鐘，果然就提著一條渾身發亮的大鯉魚回來。「妳瞧，這不是鯉魚嗎？」接著，他就自己一個人躲在廚房中料理起來。

不到二十分鐘，加入豆腐紅燒的肥大鯉魚、炒野菜、番茄雞蛋，以及現揉、現削、現煮的香Q刀削麵，已經擺滿了一整桌。我一邊吃著，一邊覺得自己彷彿是在做夢。「實在太幸福了。」我喃喃地說，而這個男人簡直不是做菜嘛，而是變魔術似的，比起壺口瀑布的洶湧急流，更加令我讚嘆：「君不見，黃河之魚天上來。」

中國的農民正是一群最傑出的魔術師。在前往箭叩長城的山路上，沿途是一家接著一家的虹鱒魚休閒農場，可以吃飯、釣魚，露天燒烤，射箭，騎馬，還有供人住宿的小木屋。在露天餐座的帳棚上，掛滿了紅紅綠綠的旗幟，前面停車場停滿了汽車，還有馬匹，眞的是名符其實的「人馬雜沓」，非常地熱鬧。

多年以前，這裡還是人煙罕至的偏僻農村。某一天，來了一團開會兼度假的俄國人，指名要農家用此處的山泉水飼養虹鱒魚，做料理給他們吃。農家的女主人才發現，這眞是一個不錯的點子，從此以後，她便開始經營起虹鱒魚休閒農場，沒想到，生意越做越是火紅，吸引了很多都市人都跑來吃，政府還因此頒發了一個「勞動楷模」的獎牌給她。不過，她創業成功後，惹得附近的農家也都一個勁兒地模仿，紛紛開起了農場，惡性競爭，搶走了她不少的生意。她覺得很不甘心，於是就在別人的建議下，乾脆把「勞模」兩個字當成農場的招牌，懸掛出來，聲明自己才是「正牌」的。

「我不是愛炫耀，我是沒有辦法。」取了這個名字後，「勞模山莊」的女主人很委屈地解釋著。「我不是想靠『勞模』的頭銜來賺錢，只是，人總得要講個是非……」在她的身上，其實流露出的正是典型的農家性格，不愛出頭爭先，然而，更不想要吃悶虧。他們最懂得如何利用拐彎抹角的迂迴方式，以退為進，平時唯唯諾諾的，與世無爭，但事實上，誰也別想要從他們身上占到一丁點兒的便宜。

中國人都是老子的信徒，看似無為，其實乃是：無不為。

「工農兵」變成了藝術家

在中國最荒涼偏遠的農村，都可以發現泥土牆上用紅漆寫著大大的四個字：「脱貧致富」。而全世界大概也只有中國的農民，才會毫不遮掩地表達出「致富」的企圖。譬如印度，同樣是一個到處貼滿了標語的國度，但意思卻全然不同，多半是哲思的、靈修的，譬如「How to return to adot.」或是「Don't panic, there's always rebirth.」之類，讓人在一剎那間，就升起了一股超然物外的體悟。不過，大概光從這些標語我們可以判斷，印度的經濟競爭力絕對是大不如中國啊。在中國社會的底層，致富發財的渴望，早已形成了一股強大的驅動力，把整個國家往前推，不過，有時候也不免會衝過了頭，而出現一些匪夷所思、甚至令人啼笑皆非的景象。

許多農村或是古鎮、宅院，都因爲電影、電視前來拍攝取景，所以一夕之間爆紅，《臥虎藏龍》的宏村、《似水年華[2]》的烏鎮、《一米陽光[3]》的麗江，《大紅燈籠高高掛》的喬家大院……，遊客一多，整個村落便乾脆圍起來，收取門票，搖身一變成爲大型的影城。而有的農村甚至還自己拍起電影，編寫連續

❷似水年華：二〇〇二年黃磊自編自導的電視劇，以烏鎮為主要場景。

❸一米陽光：麗江傳說，在秋分時節玉龍山會有一米長的陽光穿過雲霧，若被一米陽光照到就能獲得真愛。二〇〇四年張曉光以此典故編導同名愛情電視劇。

劇，急著想要出名。其中最爲聰明的，莫過於導演張藝謀了，他利用陽朔的天然風光，設計大型的山水劇場《印象・劉三姐》，起用的都是農民演員，而遊客趨之若鶩，獲得了空前的成功。在大賺一筆觀光財之後，張藝謀又要在麗江古城如法炮製，製作一齣規模更宏大的《印象・麗江》，而據説，現在中國各地的鄉野農村，也都紛紛群起仿效，醞釀類似的演出計畫……。

中國農民轉型成爲演員，似乎是不費吹灰之力的。而放眼全球，有這樣的農民嗎？應該沒有。奇怪的是，中國農民不是一向都沉默寡言，聽天由命、逆來順受的嗎？他們什麼時候變得如此擅長表演？喜歡作秀了？如果說，毛澤東所領導的社會主義革命，確實帶給中國一些巨大的變化，那麼我以爲，中國農民性格的變化，確實是相當驚人的。在經歷過一連串的解放、土改、三反、五反、大躍進之後，毛澤東已然建立起中國農民的自信心，並且釋放出他們強大的表演欲，甚至還爲中國文化史上創造出一個全新的品種：農民藝術家。

農民性格的轉變，是否代表中國農村的轉型，將會比許多人預期的還要來得容易許多呢？農村，不但爲大陸的城市提供了人力、土地和觀光的資源，如今，它還提供源源不絕的文化創意。如果就長遠的角度而言，這或許不夠深厚，還有點兒唐突、滑稽，然而又有誰能夠預測，結果會是如何呢？文化本來就需要長期的積累，才能看出成效；但就短線的角度而言，農村確實已然成為一個深具炒作潛力的「噱頭」。

位在北京郊外的宋莊，正是一個農村與藝術互相結合的例子。據說，現在已經有一千位以上的畫家，搬到宋莊去落腳了，他們的水準良莠不齊，但中國人的信念一向就是：人多好辦事，集合就是力量。果然，一時之間，宋莊就在藝術市場中爆紅了起來。有很多人預測，中國的藝術市場將會陷入泡沫化的危機，但是誠如北京一位著名的藝術家、建築師、古董商，也是策展人艾未未所說的：「泡沫又有什麼不好？藝術就是要冒幾個泡，吐幾個沫。」於是類似宋莊這樣的藝術群落，正在北京的周遭陸續興起，不斷地冒出泡沫來，譬如「798廠」、「大山子」，而每個人都想要趕上這一波的熱潮，就算只沾到一點泡沫尖也好。

宋莊，一個原本就荒涼的遠郊小鎮，忽然成了中國、乃至於全球藝術市場的焦點，知名度的暴增，隨之而來的便是房地產的水漲船高，餐廳、咖啡廳陸續進駐。而在某些人的心目中，藝術還在其次，炒作房價才是眞正的目的。

我不知道大陸還會有多少的宋莊出現？在一月分，隆冬時節，我來到宋莊，抵達時已經快要天黑了，整座村子顯得格外地冷清。從外表上看起來，宋莊也不過就是個普通的農莊罷了。農民趕著一群羊，正要回家，羊群叮叮噹噹走在滿是泥巴的小路上。一個村子的婦人帶我們去參觀藝術家的畫室。婦人拿著手機，站在冷風中，按照手中的一張名單，逐一撥打電話過去，但畫家不是不在村子裡，就是在睡大頭覺，說最近沒啥好的作品可以看。我們站在村旁的田埂上，雙臂抱在胸前，冷得簌簌地發抖起來。

最後，我們到底還是去了幾間畫室。畫家蓬著一頭亂髮，懶洋洋地打開了大門，第一件事情就是轉過頭去，喝叱家中的狗：「住嘴，別叫！」有的畫家姿態很高，不愛搭理人，自顧自地坐在一旁喝茶，說自己才剛從國外回來，在倫敦舉辦了一個畫展，而下個月，又要啓程去威尼斯之類的。婦人偷偷把我們拉到一旁，說這個畫家的油畫是：「外國人捧著大把的、大把的美金，搶著要。」而有的畫家則是很熱情，把疊在牆角的一整絡畫作，全都給搬了出來，一幅一幅地排開，高談起他的創作理念。然而，更多的畫家卻是搓著一雙手，羞澀地微笑著，像我們埋怨最近天氣眞冷，手都僵了，沒勁兒，不知道有多久沒提起畫筆了。

沒畫可看，我們只好坐下來，和畫家養的大白狗玩。大白狗的身量比起一個大男人還高，撲上身來，卻活像是一個大孩子似的，在我們的懷裡面滾過來，滾過去，伸長了舌頭，死命就是想舔我的臉頰。

最後，我們來到了一間小小的農舍。畫家正站在板凳上，畫一幅足足有一面牆壁那麼大的畫，畫中有瀑布、山水、樹木、花鳥，該有的都有，但就是沒有自己的個性。「這沒啥好看的，是幫一個餐廳畫的，商業畫。」畫家也很明白，他一邊自嘲著，一邊從板凳跳下來，瀟灑地聳聳肩，「掙錢唄，現在我也只能畫這種畫了。」

坐了一會兒，我們起身要離開，畫家送到大門口。在他的院子裡有一株柿子樹，葉子落光了，只剩下幾顆黑烏烏的凍柿子，掛在淒涼的枝頭上。畫家隨手摘了兩顆給我。凍柿子的外表十分醜陋，皮全皺在一起，活像是一個老頭子燒焦了的臉，可是咬破以後，吸吮一口，那滋味卻好像是在吃冰淇淋一般，又冰涼，又清甜，出乎意料地好吃。

天色已經全黑了，月光明亮而皎潔。天蒼蒼，野茫茫。大地和平。除了偶爾傳來牲口喘氣的聲音之外，整座宋莊非常、非常地安靜，睡在寒冬的夜裡，這時，才終於回復了它本來樸素的面貌。

四合院：新紅資俱樂部

在一篇劉胡的〈如果宋莊淪陷〉文章中，說道：「宋莊外在的荒涼和內裡的豐腴已然成了某種神話，而神話的確立離不開那些居住在這裡的藝術家，更確切一點，一群中國的先鋒藝術家。在宋莊，曾經流浪的藝術家們繼承著自身的圓明園特質，而又趨向於成熟。他們越來越嫻熟地把理想塗在畫布上，體現在作品裡，然後得來了關注：先是洋鬼子畫商和年輕的金髮碧眼女孩，然後是國內的白領小資和藝術青年，然後是政府的關懷引領。」

這篇文章是否過度誇大了宋莊的神話？我不敢說，但它卻已點出了中國當前的某種困境：先是要吸引金髮碧眼的「洋鬼子」，然後是「白領小資」，然後才是政府。但是如何才能面對「洋鬼子」和「白領小資」的絕對優勢呢？民族主義加上社會主義情結，正在考驗中國這一代年輕人的自尊與自信。

我們從野長城下來，往南走，進入北京城，五環、四環、三環，順著快速道路，逐漸逼向了整個中國的核心——那是政治權力、經濟以及言論的核心，被一層又一層環城高架橋所重重包裹、重重戒備的核心。從橋上看到的北京市風景是：胡同消失了，四合院拆光了，只剩下高聳的辦公大廈和五星級商務飯店，而那是一個屬於「洋鬼子」和「白領小資」的世界，光芒掩蓋了老舊的城區。

不過，在下了班之後，「洋鬼子」和「白領小資」卻很喜歡去一些躲在胡同深處、倖存下來的老四合院，尋找中國的情調。二〇〇〇年，以四合院改建的「新紅資俱樂部」在北京開張後，便成爲城內最火紅的一個去處。這間餐廳是一個洋人律師開的，以文革做爲賣點，裡面擺的是毛澤東、江澤民坐過的沙發、鄧小平用過的煙灰缸、毛語錄、樣板戲……。整個餐廳裡只有一份中文菜單，其他都是英文，而在每道菜餚底下，則述說著一個中國現代史的故事，譬如關於「寧波元宵」這道甜點的故事是：元宵是中國人新年必吃的點心，以寧波最著名，而寧波是蔣介石的故鄉，一九四九年蔣介石戰敗，遠走臺灣，於是這道甜點的做法從此失傳，如今終於又在「新紅資」重現人間……。哇，聽起來，「寧波元宵」還眞是一道可歌可泣、讓人不勝唏噓的甜點啊！

以老四合院改建的餐館，在北京還眞不少：「厲家菜」是清宮的師傅祕傳的宮廷菜，「四合院」結合畫廊、餐廳和酒吧，「桂公府」是專門提供慈禧家宴的茶藝菜館，他們的菜餚都不見得好吃，但情調和氣氛卻投外國人所好，古董家具，雕梁畫棟，紅色燈籠，還有穿著旗袍的女服務生，在幽暗的燭光中來回穿梭。這和一般中式餐廳點著日光燈，人來人往、大快朵頤的喧嘩場面，其實是非常兩樣的。因此來到了老四合院，就彷彿是走入一個時光的切片，而身在其中的人，都在合力扮演著一齣「回到過去」的懷舊老戲。

對於這些餐廳，《南方週末報》給讀者的衷心勸告是：「有親美情結者最宜前往，有義和團遺風者則建議在家歇息。」原來在中國，就連吃一頓飯，都非得要考慮一下民族的自尊心不可。

最後的胡同

不論如何，四合院確實是迷人的。我非常嚮往能夠擁有一間這樣的房子。下雪的時候，就可以靜靜地坐在室內，看白雪無聲無息地降落在黑色的屋瓦上。不過，可惜的是，這些四合院已經變成有錢、有權的人的專屬品，而失去了眞實生活的氣味。

北京的胡同也大多消失了，要不，就淪爲觀光客盤據的所在。就目前僅存的幾條胡同之中，我最喜歡、也最常去的，莫過於中央戲劇學院一帶的南鑼鼓老胡同區，這裡有全北京最美麗又有個性的女孩、男孩，還有攝影家、畫家經營的咖啡吧，帶點青春飛揚的叛逆、時髦的洋味；搖滾的憤怒、波西米亞的頹廢，然而又帶著一股「中國製造」的驕傲。

在這裡的小店中，還可以找到許多精彩的CD和DVD，逛累了，也可以坐在咖啡館中喝杯熱拿鐵，翻翻時尚或藝術雜誌。不過，我最愛的卻仍是一家老店「文字奶酪」。它是一間再簡單不過的小店了，只賣奶酪、雙奶捲、奶酪乾和酸梅湯。C在北京擔任劇場導演，每一次，我都和他約在那兒碰面，經常見到前來吃奶酪的老顧客，和老闆親切地攀談起來。

有兩個長相清秀、大學生模樣的女孩坐下來，點了奶酪，一邊吃，一邊用純正的京片子對老闆說：「唉喲，我上個月才離開北京一趟，特想的就是你這個奶酪……」

「喔？是嗎？」老闆微微一笑，走到門口去抽煙。

在奶酪店的門口，幾個工人正在挖掘胡同的路面。不知爲了什麼，這一區的路面老在開挖當中。忽然間，起了一陣騷動，似乎挖到什麼寶貝了。老闆回過頭，對我們笑著說：「這些工人老是想要挖出古董，昨天，才挖出了一個盤子，缺了角的，說是明代的清花瓷盤，高興得不得了……」說著說著，老闆就走上前去，瞧那些工人究竟發現了什麼？他們開心地笑鬧一陣子，然後工人又繼續拿起鋤頭，彎下腰，虔誠地挖掘著，挖掘著，看他們的姿勢，彷佛是在不停地對地面禱告，膜拜，膜拜那一個沉睡在地底之下的、古老的中國。

我們走出奶酪店時，C忽然彎下腰，撿起了腳旁的一塊碎片。他撥去泥土，現出了翡翠的色澤來，發出一股若有似無的光輝。C微笑著，把它舉起來，正對著黃昏的陽光，他問我：「妳猜，這是來自於哪一個年代？」

問題與思考

1. 請問〈北京〉一文中從哪些不同的視角描述北京？
2. 請試分析〈北京〉一文的書寫脈絡。

〈丁公默送蝤蛑〉、〈蜜酒歌・并敘〉、〈杜介送魚〉

蘇軾

作者

蘇軾（一〇三七—一一〇一）字子瞻，號東坡居士，謚號文忠公。北宋文人，於詩、詞、文、書、畫等領域皆有極高造詣與成就。嘉佑二年進士，累官至端明殿學士兼翰林院侍讀學士、禮部尚書。後外放杭州通判，歷知密州、徐州、湖州，後因「烏臺詩案」被貶至黃州，後回朝任官，又知杭州、潁州，最被貶至惠州、儋州，卒於北還途中。蘇軾歷經官場起伏，體察人情冷暖，皆以曠達胸懷應之，無論是人格或創作中皆展現個人特色且為足為典範。

課文

一、〈丁公默❶送蝤蛑❷〉

溪邊石蟹小於錢，喜見輪囷❸赤玉盤。半殼含黃宜點酒，兩螯斫雪勸加餐。

蠻珍海錯聞名久，怪雨腥風入坐寒。堪笑吳興饞太守，一詩換得兩尖團。

二、〈蜜酒歌‧幷敘〉

西蜀道士楊世昌，善作蜜酒，絕醇釅。余得其方，作此歌遺之。

眞珠爲漿玉爲醴，

六月田夫汗流泚❹。

❶丁公默：為蘇軾好友，同科進士，爵里失考。
❷蝤蛑：古又稱「蝤蝥」，今稱梭子蟹。
❸輪囷：盤曲貌。
❹泚：音ㄘˇ，出汗貌。

不如春甕自生香，
蜂爲耕耘花作米。
一日小沸魚吐沫，
二日眩轉清光活。
三日開甕香滿城，
快瀉銀瓶不須撥。
百錢一斗濃無聲，
甘露微濁醍醐清。
君不見南園采花蜂似雨，
天教釀酒醉先生。
先生年來窮到骨，
問人乞米何曾得。
世間萬事眞悠悠，
蜜蜂大勝監河侯❻。

❻監河侯：用以代指吝嗇之人，典出《莊子．外物》中「涸轍之魚」的故事。

三、〈杜介❼送魚〉

新年已賜黃封酒❽，舊友仍分赬❾尾魚。
陋巷關門負朝日，小園除雪得春蔬。
病妻起斫銀絲鱠，稚子讙尋尺素書。
醉眼朦朧覓歸路，松江❿煙雨晚疏疏。

問題與思考

1. 書寫旅行文學或飲食文學時，可以誇飾與添加想像嗎？請具體說明贊成或否定的理由。
2. 「微旅行」是現在的流行語，坊間亦已出版多種以「微旅行」為題的書籍，請問什麼樣的旅行可以稱為「微旅行」，與古代羈旅行役又有什麼樣的差別？請具體陳述己見。

❼ 杜介：字幾先，揚州人，與蘇軾交遊，來往唱酬，曾歸隱平山堂，詳細爵里失考。

❽ 黃封酒：宋代官釀酒，用黃紙或黃布封口。

❾ 赬：音ㄔㄥ，紅色。

❿ 松江：即吳淞江，亦為吳江縣之別稱，向有「上有天堂，下有蘇杭，蘇杭之間有吳江」之美譽。

〈川味紅燒牛肉麵〉

焦桐

作者

焦桐（一九五六—）本名葉振富，中央大學中文系副教授，曾任國內多種報章雜誌主編，創辦二魚出版社。著作等身、獲獎無數，為當代知名散文家、詩人。以詩集《完全壯陽食譜》震動文壇，近年亦持續以結合文學與飲食為創作重心，是國內首屈一指的飲食文學作家。

課文

近年來在大陸及海外常見「臺灣牛肉麵」招牌，此即紅燒牛肉麵，之所以成爲臺灣名食，乃歷史的偶然。臺灣人從前並不吃牛肉，是隨國民政府來臺的軍人引進吃牛的習慣。唐魯孫[1]先生曾說：「光復那年，筆者初到臺灣，隨便想吃碗牛肉麵，就是走遍了全臺北市，也別想吃到嘴」。

逯耀東[2]教授在《飲食》雜誌創刊號上斷言：川味紅燒牛肉麵源自岡山的空軍眷村，風行臺北，然後由退役老兵播布臺灣各地鄉鎮。臺北市第一屆牛肉麵節還算辦得有模有樣，當時那場牛肉麵文化高峰會，逯老師再次強調他的論點。

我半信半疑地表達異議：疑的是生活經驗，高中時期的女朋友家住岡山空軍眷村，我常常往那裡跑，然而除了買「哈哈」和「明德」豆瓣醬，完全不記得當時岡山有什麼牛肉麵。信的是，岡山辣豆瓣可能模仿四川郫縣的豆瓣醬，顯然也成了臺灣的川味紅燒牛肉麵的主要調料；但，發源地應該在軍營伙房，不一定是岡山眷村，可能就在臺北，也可能是中壢的營區。

眷村是臺灣社會特殊的聚落，它區隔了周圍的環境，使人帶著區隔意識與外

[1] 唐魯孫：（一九〇八—一九八五）本名葆森，字魯孫。知名美食家、飲食文學作家，著《唐魯孫談吃》、《天下味》等多種文集。

[2] 逯耀東：（一九三三—二〇〇六）臺大歷史系教授，於一九九八年榮退。曾任教於輔仁大學、政治大學、東吳大學、香港中文大學等校。著有《勒馬中原》、《出門訪古早》等二十餘種作品。精於中國飲食之道，並開設相關課程，為知名美食家。

界接觸，眷村的生活形態因深受軍政組織的影響與型塑，封閉而孤立，生活在裡面的人遂成爲齊默爾（Georg Simmel）所謂的漂泊的異鄉人。漂泊者並非今天來、明天就走的那種人；而是不與任何一個空間點有緊密關連的人，也就是在概念上剛好跟固著在某一個空間點相反；也就是說，「異鄉人」的社會學形式綜合了漂泊與固著兩種特質。

賣牛肉麵是退伍後相對簡易的營生，軍隊裡的伙房老兵，退役後擺攤賣牛肉麵是很可理解的事。有一時期，臺北市長不逾百米的桃源街，竟出現一、二十家川味牛肉麵大王，形成了飲食的歷史風景。早期臺灣人做生意很歡喜自稱大王，這個大王那個大王你也大王我也大王他也大王，可惜這條名聞遐邇的牛肉麵街如今只剩下「老王記牛肉麵大王」在營業，這大王無論滋味、經營形態、生意都數十年如一日。

我吃得最久的也是「老王記」牛肉麵，學生時代起就常吃。它甚至沒有招牌，卻好像一座醒目的地標，幾乎成了桃源街的代名詞，人稱「桃源街牛肉麵」指的就是這一家，「別無分店」，只要人在那一帶，不自覺就趨近它，腦海裡浮現一碗令人愉悅的牛肉麵。「老王記」的廚房就設在店門口，像極了路邊攤，其實無論吃麵環境、服務，乃至搭蓋的二樓鐵皮屋，都帶著路邊攤性格。它的牛肉滷得十分柔嫩；湯色褐紅，浮油稍多，湯味濃郁而可口，未喝即先聞到肉質香；普通的陽春麵條煮得有嚼勁；每一桌都備有裝滿酸菜的鐵鍋，供顧客自取。

牛肉麵是一種庶民飲食文化，價廉物美，不僅全臺灣到處吃得到，離島也有不少好麵。花蓮「江太太牛肉麵店」因蔣經國先生來過兩次而聞名，牆上掛著他和店東合照的放大照片，街坊鄰居又稱它爲「總統牌牛肉麵」。這種牌子的牛肉麵使用拉麵和腱子肉，由於是大鍋燉滷，湯頭濃郁，微辣，八角等香料隱而不顯，倒是飽含著肉質香。牛肉塊滷得軟嫩又不失嚼勁，恰到好處。蔣經國先生的親民作風，使他能普遍嚐到許多風味小吃。

牛肉麵裡的牛肉塊大抵以牛腱、牛腩爲主，如臺北「鼎泰豐」、「林東芳」和臺中的「若柳一筋」、豐原「滿庭芳」、花蓮「邵家」用牛腱；「牛爸爸」、「老董」和金門「老爹」用牛腩；較特別的是「大師兄原汁牛肉麵」用牛排，「牛董」用丁骨牛小排，「洪師父麵食棧」用兩種不同的牛肉。

中壢的紅燒牛肉麵也是遠近馳名。早年中壢是北部地區最大的禽畜市場集中地，路邊攤所賣的牛雜價廉物美，名聞全臺。最令人欣慰的是中壢有幾家牛肉麵店是二十四小時營業，像「永川」和「新明」。二十四小時賣牛肉麵遠比二十四小時賣書要緊，臺北忝爲牛肉麵之都，這一點很值得汗顏。

中壢市新明市場集中了好幾家牛肉麵店，又以民權路那兩家特別有名：「永川牛肉麵」和「新明老牌牛肉麵」比鄰營業，這兩家很容易讓人聯想到臺北市永康公園的那兩家比鄰的牛肉麵，孿生兄弟般，從牛肉、麵條、湯頭到小菜都很像。「永川」和「新明」點餐後都須先買單，牛肉麵一碗一律九十元，可免費加麵加湯；桌上都有酸菜供客人自取；小菜都裝在小塑膠盒裡，放置冰箱；牛肉選用牛腱肉，麵條用陽春麵；湯頭幾乎完全一樣；青菜都很少，蔥花甚夥。

「新明牛肉麵」的名氣很大，模仿者眾，尤其在桃園縣，到處看得到新明牛肉麵的招牌，逼得這家老店在招牌上加了「正宗」、「老牌」字樣，指天誓地強調：只此一家，別無分號。

將牛肉麵賣出時尚感的是「牛爸爸牛肉麵」和「鼎珍坊」，前者以一碗三千元的松阪牛肉麵威震江湖，很多人爲了表達誠懇而在這裡請客，此店從食物到環境都予人精緻、潔淨感，其牛肉麵的構思就宛如雲門舞集、誠品書店和朱銘博物館，帶給我們深思和啟示。後者是新開業的餐館，「清燉牛肉手工麵片」是老闆張應來的私房麵點，每天限量十五碗，每碗五百八十元，由於是清燉，暫不討論。

歷史的偶然，成就了美麗的文化風景。李歐梵、林宜澐每次來臺北，總想先吃一碗牛肉麵才痛快。牛肉麵，尤其是川味紅燒牛肉麵，已成爲臺北的飲食鄉愁，召喚集體記憶，召喚我們的情感。

問題與思考

1. 請問為什麼原本屬於臺灣各縣市常見的牛肉麵，會成為臺北的代表性飲食？
2. 在坊間常見到「正宗」、「元祖」、「老店」等稱呼，請問若以「川味紅燒牛肉麵」為例，要具備什麼樣的條件才能稱之為「正宗」、「元祖」、「老店」？

〈懷念從前味〉

韓良露

作者

韓良露（一九五八—二〇一五）為當代知名作家、美食家，曾獲最佳新聞節目金鐘獎、新聞局優良電影劇本獎、臺北文學獎文學年金等獎項，文學創作以散文為主，題材包含飲食、星卜、電影、音樂、旅行，其中又以飲食散文著稱，由此可見其創作之廣度。曾助黨外運動、遊歷各國、拍攝記錄片、舉辦影展、創辦「南村落」，生命濃度極高，許悔之曾讚譽為：「生命經歷的豐富和精采應該是許多人活好幾輩子才能有」。

課文

飲食是人的文化，而人是個大變數。常說人生無常，許多好的味道，都會隨著人事變遷而消逝，但這些昔日的味道卻會留在曾經體會、有所珍惜的人心中。

這些懷念的從前滋味，常駐心頭，可見飲食絕非只求當時的滿足，如動物的欲望，人之有異於動物者，即在一有情，對滋味、食物有情，使飲食不再只是口腹之事，而變成與心相連，而在懷念從前味時，也同時珍惜著從前人。

住在老永康一帶的人，大概都不會忘記近二十年前，永康街有一狹長小鋪，專賣菜肉餛飩，而在薺菜上市時，這裡的薺菜餛飩更是遠近馳名，門庭若市。

早年我在臨沂居時，這家小店是我早食及午飯的首選，菜肉餛飩新鮮味美，湯頭又鮮腴，店裡幾位老伯，待客十分周到，小店也收拾得分外乾淨整齊，後來不知怎麼，一向生意興隆的小店突然收了，那裡絕美的味道也憑空不見了。

除了永康街的餛飩店，著在老永康的人也可能還記得另一個讓人懷念不已的餛飩擔子。

那是夜深時，在子更一過，著在仁愛路二段、新生南路一帶的巷裡人家，便不時會聽到木板擊叩聲，「拖、拖、拖」響起，好些人家剛巧感到腹中甚饑，便擎著鋁鍋瓷碗的，往巷內尋聲來源。運氣好的，便一下看到賣溫州餛飩老人推著哈著白氣的擔子，慢慢踅過來，嘴裡咕噥噥著：「餛飩、餛飩、好吃的餛飩」。等老人立足，問你要多少，便往燒得白氣迷繞的鍋裡下餛飩。老人一邊抖著腿、哈著腰，往碗中放調味料，加高湯，再盛入餛飩變成了。這家餛飩餡好皮滑，冬天裡吃來尤其暖胃，至於餛飩湯更是精華，大骨肉熬出，肉香撲鼻，絕對喝得碗底盡現、不留餘汁。

由於這家餛飩特別好吃，平常時刻又吃不著，常常有人會在晚飯時預留幾口不吃，只待子夜飢腸轆轆時，更好吃個夠，但也有運氣不佳時，當晚聽不到擊板聲，或是聽了聲下了樓去，卻聲渺人遠，在附近巷子尋來逛去，總找不著餛飩擔了，也只好喪氣回府，另覓塡腹物了。

就是這種等待的心情，讓當時的生活帶來更多的樂趣。但有一天，這家餛飩擔突然不再出現了。剛開始，大家以爲老人暫時休息，後來以爲他生病了。然而，等著等著，幾天過了，幾周過了，幾個月也過了，當時我幾乎想在報上尋人啓事，卻被家人阻止。爸媽說，人家不出現一定有他的理由，但我還是抱著一絲希望，一直等了一年，我才確定我再也吃不到那個老人煮的餛飩了。

這個幾乎餵飽我十多年宵夜的餛飩擔，於我既陌生又熟悉，我完全不知老人的身世，好幾次想開口詢問，但又作罷，因爲他爲人性格，言語簡單，從不寒喧，我和妹妹背後都叫他怪老頭。我們幾乎每週總會吃幾次怪老頭親手做的餛飩，久而久之，又會覺得和此人很熟悉、很親近。這種與人親近的食物情是和便利商店、超級市場、速食店買食物吃的經驗完全不同的。

現在豆花到處有得吃，不管是基隆廟口的、龍泉的、美食街的，我總覺得吃在嘴裡少了一分滋味，這時就會強烈地回想起年幼時住在新北溫泉路時，每天有個阿伯擔著長棍，一端是熱著的豆花，另一端分兩邊，一邊是糖水，一邊是清肉湯。

這位中年本省阿伯，賣兩味豆花，但不備鍋碗，要自己準備盛具，說來又環保又健康，比今天到處亂用的保麗龍碗盤，要好太多了。

阿伯出現的時間，通常是下午四點多。在阿伯長棍的中央，有一如腳踏車鈴，鈴鈴響著告知來到。上小學的我已經回家了，正是嘴饞肚餓之時，我只要聽見賣豆花的敲鈴聲，總會拿去兩個瓷碗，先來一碗鹹豆花，再來碗甜豆花。

阿伯的豆花永遠帶著剛出爐的豆腐香氣。一開鍋撲鼻而來，豆花又滑又軟，但卻軟得很有型，不會輕易碎爛，用湯匙挖著吃，每一口到嘴裡，都有一種活生生的躍動感。

鹹豆花的佐料，除醬油、香油、辣油外，還有醃蘿蔔絲、醃冬菜絲、香菜末，清肉湯很甘甜，但不濃郁，以免奪豆花之味，清清的肉湯剛好襯出豆花的獨特香味。

甜豆花，用的當然是純糖熬水。由於較清，豆花浮在糖水中，有如行浪，一波一波的。阿伯的糖水永遠滾燙，盛出來時，一定冒著熱氣，更能喚出豆花的味道。

年幼的我，享受著下午的鹹甜豆花，卻從未想過阿伯擔著這兩大鍋，行走於新北投上上下下的山路時，會是多辛苦的討生活之道，而阿伯竟然仍堅持對品質的尊重，即使是賣小食，兩邊的爐火還是一直開，這樣才能讓豆花和湯汁永遠是熱著。這樣敬業，如今想來眞讓人敬重。

這個豆花擔，在我升上國中後，也突然消失了。那一年，消失的好滋味不少。常到家門前，用山東音叫賣著「包子饅頭」的外省老伯也不見了，後來才聽說，他捲入匪諜案。我迄今仍不明白，一個做好吃得不得了的大饅頭、豆沙包、騎著腳踏車大街小巷吆喝叫賣的人，會是什麼大不了的匪諜，否則幹嘛選那麼辛苦的營生。

那一年，靠舊北投鐵道支線的外婆家前，夜夜推車賣麵茶的中年男人也不見了。他的麵茶是我吃過最好的麵茶，永遠像新炒好的，絕不帶陳倉味。我住外婆家時，只要聽到水開的鳴笛聲，一定帶著碗飛奔而去，尤其在寒夜裡，水蒸氣的白煙縷縷上升，使得小車上的一盞十五瓦的小燈忽明忽暗，有如霧夜中的燈塔。

我喝著燙熟的麵茶湯，仰望著賣麵茶的中年叔叔一張俊秀沉默的臉。我後來發現，凡是做小食做的好的人，都不多言，彷彿他們的心思全專注在食物上了。但是，這個賣麵茶的叔叔，還有別的心思，他不見了以後，我才從外婆那裡聽到，他和外婆家那條巷子的一個已婚女人愛上了，兩人只好躲到他處去了。

原來，這麼好喝得麵茶之中，還有愛的心思，那個女人恐怕也是先迷上了他的麵茶，日久相見，才迷上了他吧！

問題與思考

1. 請描寫你記憶中印象最深刻的一道菜。
2. 「古早味」是一種什麼樣的味道？請說明之。

延伸閱讀

1. 蘇軾：〈老饕賦〉
2. 林文月：〈臺灣肉粽〉，《飲膳札記》
3. 焦桐：〈臺灣味道・序〉，《臺灣味道》
4. 逯耀東：〈陶淵明喝的酒〉，《勒馬長城》
5. 蕭蕭：〈風雲會〉、〈月色是茶的前身〉、〈茶葉的心事〉
6. 韓良露：〈追尋新舊上海的味道〉，《美味之戀》
7. 顏崑陽：〈食筍與觀竹〉，《小飯桶與小飯囚》

單元作業

請創作一篇具有個人獨特視角或思想理念的散文，內容需要同時含括飲食與旅行的經驗，並附上一張照片。

Note

Note

國家圖書館出版品預行編目資料

愛戀.生活.閱讀／林偉淑著. -- 二版. --
臺北市：五南圖書出版股份有限公司,
2015.09
面； 公分
ISBN 978-957-11-8245-2（平裝）

1.國文科 2.讀本

836 104014956

1X8N

文學經典

愛戀・生活・閱讀

主 編 — 淡江大學中文系教材編輯委員會（446.9）、林偉淑
編 撰 — 侯如綺 鄭柏彥
編輯主編 — 黃惠娟
責任編輯 — 魯曉玟
封面設計 — 黃聖文
出 版 者 — 五南圖書出版股份有限公司
發 行 人 — 楊榮川
總 經 理 — 楊士清
總 編 輯 — 楊秀麗
地 址：106臺北市大安區和平東路二段339號4樓
電 話：(02)2705-5066 傳 真：(02)2706-6100
網 址：https://www.wunan.com.tw
電子郵件：wunan@wunan.com.tw
劃撥帳號：01068953
戶 名：五南圖書出版股份有限公司

法律顧問 林勝安律師

出版日期 2012年 9 月初版一刷（共五刷）
2015年 9 月二版一刷
2025年 3 月二版十刷
定 價 新臺幣320元

※淡江大學通識教育「文學經典」課程指定參考用書
淡江大學出版中心出版